ベニシアと正、人生の秋に

——正ありがとう。すべて、ありがとう

梶山正
ベニシア・スタンリー・スミス

この本は、2010年から雑誌『チルチンびと』に連載していた「京都大原の山里に暮らし始めて」をまとめたものだ。僕と妻のベニシア・スタンリー・スミスの半生が書かれている。読む人にとって、何かささいなことでも心に感じ取ってもらえれば、僕は嬉しい。

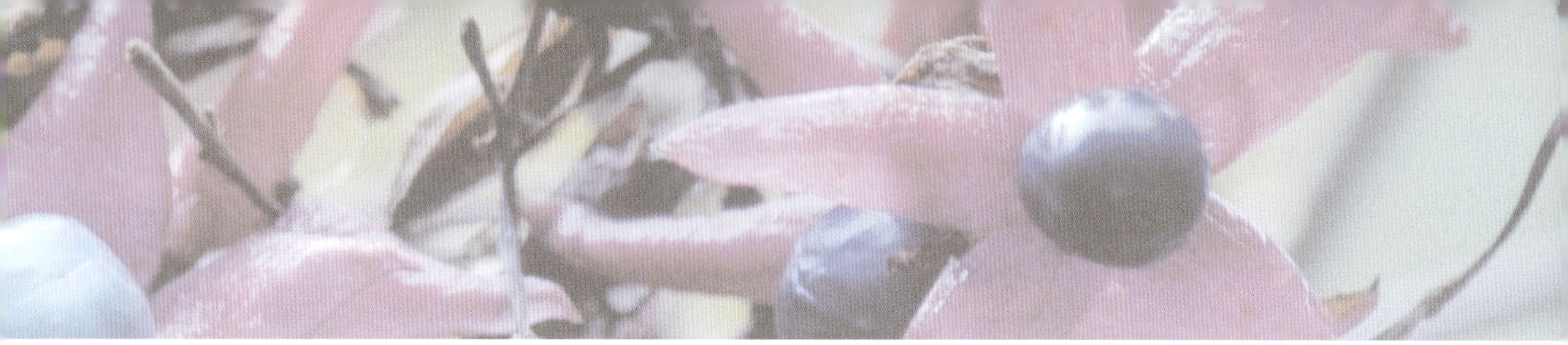

正へ

正、ありがとう。いつもありがとう。

若いとき、いろいろあったけれど、許して欲しい。

どっちが先かわからないけれど、たぶん私ね。


ありがとう。すべて、ありがとう。

もういろんなことがあったね。許さないといけないこともいっぱいあった。


いま、あまりこの家には子どもたちが来ない。正は山に行けたら、それでいいと思っている。山で死んでもいいと思っているように感じる。でも、そうじゃないかもしれない。そしたら、誰が、正のめんどうを見るの? と、私は心配する。正はひとりでも大丈夫だろうけれど、ファミリーを大事にして欲しい。

何かあったとしても、許し合って、そして彼らが大人になったら、また子どもをつくっていく。

そうやってファミリーは存在するんじゃないかしら。


私のお母さんは何回も結婚したから、この子は私の子、この子は私の子じゃない、と言えなかった。お母さんにとって、子どもは全部、みんな自分の子ども。子どもを分けないの。

それはお母さんの考え方。私はお母さんの考え方を素晴らしいと思っている。

子どもって、同じように扱われたい。私が小さいときも、そうだったの。

他の子はスポーツができるけど、ベニシアは苦手だから、
お母さんは、たぶん私のことをあまり面白くないと思っていたんだけれど。

ある日のお母さんの言葉を私はずっと覚えているの。

お母さんは、私やみんなのことを褒めない人だった。

ある日、お母さんとお母さんの友達がちょっとお酒を飲んで喋っていた。

でも、私が聞いていることは、お母さんは知らなかった。

そしたら、彼女が「ベニシアは本当に一生懸命生きているの。彼女いつも頑張っている。ベニシアには言わないんだけれど」と話していた。これを聞いていたから、私の人生の中にずっと残っている。

お母さんは、あのとき、私を褒めてくれたよね。それを私は一生覚えている。

子どもの心の中には、私たちが話したことが残るの。

だから、いつ、最後に話すことになってもいいように、ネガティブなことよりもいいことを伝えた方がいいと思う。


もし何か抱えている問題があって、そればかり気にしていたら、問題は問題のまま何も変わらない。

でも、もし希望さえあれば、自分のパワーで何かが起こる。ポジティブに考えればハッピーになる。これは、私たちが学ばないといけないことよね。


いま、正は一生懸命、私のためにごはんをつくってくれている。

……なんというか、不思議よね。

若いときは、私がごはんをつくっていたけど、今はそういうことができなくなった。

もしこの病気を直せたら、私は正にごはんをつくりたい。

それができればいいなと思う。

ベニシア

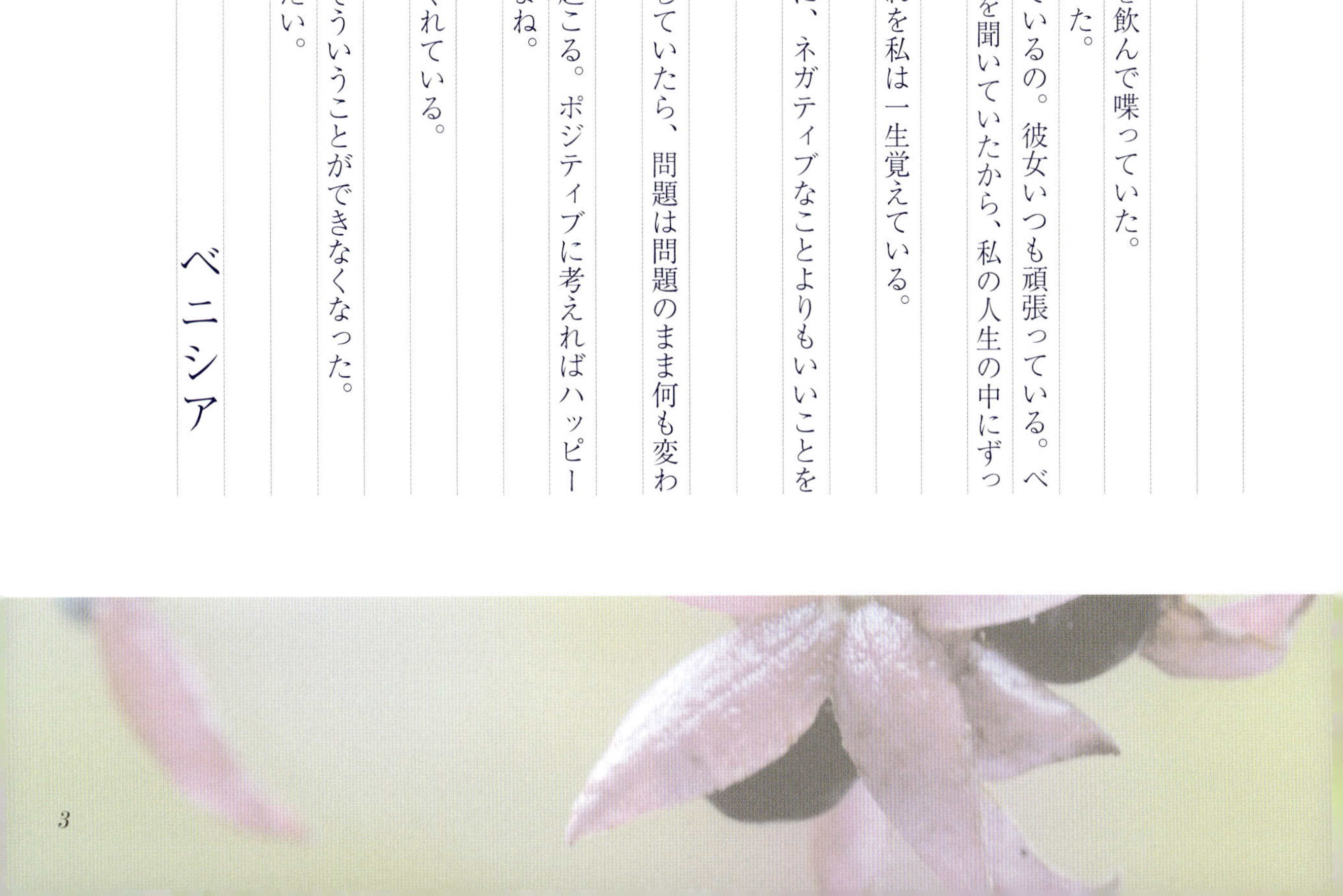

ベニシアへ

目が不自由になったベニシアと正面から向き合うようになって、1年近くの月日が流れた。もちろん僕たちは、同じ家で一緒に暮らす夫婦だ。とはいえ、昨年9月にお手伝いのSさんが辞めるまでは、ベニシアのことを僕はよく見ていなかったと思う。Sさんと気が合うようなので、僕はベニシアのことを彼女にまかせていた。そして自分の仕事や好きな登山のことばかりを考えていたのだ。

Sさんが来なくなったので、1日3度のごはんは僕がつくるようになった。病院への付き添いや買い物にも行くようになったし、洗濯や掃除などの家事が僕の仕事になった。そうしてベニシアとの夫婦生活に関わる時間が増えたことで、小さな発見が毎日のようにある。

愛する人との出会いがあり、結婚し、家族をつくる。でも結局、人が死ぬときは一人なのだろうと、これまでの僕は考えていた。多くの野生動物のメスと子は群れをつくるが、成長したオスはほぼひとりで行動する。猿の群れにはボス猿というオスの存在がある。それでも、やがて若く強い別のオスが現れると、闘いの末、落ち目のボス猿はボスの座を追われる。そして群れを離れて一人で生き、やがて静かに死んでいく。僕はいちおう人間だが、きっと動物のオスと似たようなものだろう。

ベニシア、おそらくこれからもあなたは、この人生を自分流でやっていくのでしょうね……。そう僕は思っていた。客観的と言えば聞こえはいいが、あなたの人生を僕は傍観していただけなのかもしれない。バツイチ同士の再婚なので、前のパートナーとの家族関係が今もずっ

と続いている。それにもうまく関われるだろうと僕は思い、初めのうちは努力した。ところが、そこに入ることは簡単なことではなかった。
そこで一歩離れた立場に身を置いて、黙視を続けることにした。傍観という生き方を僕は覚えたのであった。

目が見えなくなってきたベニシアは、現在、人の助けを頼りにしている。

家族を大切に思い、子どもたちを大切に育ててきたベニシアは、年老いた今、子どもたちにそれを求める気持ちだ。ところが、彼らはそれをあまりわかっていないようだ。僕もわかっていなかったが、あなたと正面から向き合うようになってわかってきたところだ。

僕はベニシアから頼りにされていると。

だから傍観というずるい生き方はもう捨てた。


僕は応えていこう。おそらく、人と人の繋がりは、僕がまだまだ知らない、学ぶべき深いものが、もっともっとたくさんあるのだろう。

人は一人で生まれて、一人で死んでいくものではない。大切な人と出会い、家族をつくって、信頼と愛に満ちた生活を望むものなのだ。

暗いものに目を向けず、人生を楽しむ努力をしていこう。

ベニシア、これからもずっとおいしいごはんをつくりますよ。

正

毎年、6月になると
いっせいに花を咲か
すツクシイバラ

目次

手紙
ベニシアから正へ　2
正からベニシアへ　4

1992－1995　二人の出会い、結婚　11

1996－2000　京都大原、古民家での暮らしが始まる　17

ベニシアには「終の住処」、僕には「新しいことを始められる家」　23
風呂で問題発生　25
「ABCDナットウライス♪」の日々　26
土間を写真スタジオに改修する　28
薪ストーブに心暖められ、悠仁を出産した日のこと　30
炎が心とお腹を満たしてくれた　32
庭づくりの始まり　34
あの頃を振り返って1　――ベニシア　36
正を好きになったときのこと／仙丈ヶ岳での結婚式／大原の家を見つけた日
ベニシアはこうして日本にやってきた　38

2001－2010　ベニシアの庭、僕の山　43

ハーブティーとハチミツで、元気になった（僕の墜落事故）　63
後遺症もあるが、仕事に復帰　65
あの頃を振り返って2　――ベニシア　67
ロッククライミングでの正のケガ
ベニシア流クリスマス　68

2011－2013　家も変わり、ベニシアも変わる　73

気になっていた屋根と瓦　83

椎茸栽培に挑戦する　85
危ないものはいらない　安全で安心できるものだけが欲しい　88
江文神社への初詣と長寿のお祝い　90
ハーブ・ガーデンから起きた波　92
ガーデニングコンテストに入賞　93
これまでと違う目で我が家の庭が見える　96
ベニシアの庭づくり　98
英国風コテージガーデン／フォレスト・ガーデン／ポーチガーデン／ビーガーデン／スパニッシュ・ガーデン／日本風の庭／琉球ガーデン／ワイン色の庭
あの頃を振り返って3　――ベニシア　100
正とのイギリス旅行
僕自身のこれまで　101
大原の自然　102

2014－2019　住まいと人の輪……大きな家族　111

料理が楽しくなってきたキッチン　120
ノリちゃんの秘密の花園を見に行く　124
造園家のバッキーこと椿野晋平さんの家に行く　126
住まいと人の輪……大きな家族　129
自分が燻製されようが、ベーコンづくりはやめられません　130
小さな手、大きな力　133
時は流れ、庭は変わる　135

2019　いまの暮らし　――正、ベニシア　138

あとがき　142
年譜　143

翻訳 ■ メイボン尚子

出会って半年経った
頃、日本で2番目に
高い北岳へ登った。

1992–1995

First meeting
and
getting married

二人の出会い、
結婚

1992年11月11日、ベニシアと僕は日本で18番目に高い標高3033mの仙丈ヶ岳山頂で結婚式を挙げた。

妊娠９カ月で大きなお腹のベニシアと、滋賀県朽木の山へ紅葉を見に行った。

南アルプスの白根御池キャンプ場にて。翌日、北岳を目ざした。

1992年夏、ベニシアとアラスカ北極圏を旅した。

1994年夏、生後7カ月の悠仁をベニシアの家族に見せるため、イギリスとアイルランドを訪ねた。

稲穂がふくらむ大原の田んぼを散歩するベニシア。

1996–2000

Making a life
in an old Minka house
in Ohara, Kyoto

京都大原、
古民家での
暮らしが始まる

草原のコスモスを嬉しそうに摘むベニシア。

夏の午後、琵琶湖湖西の砂浜を散歩するベニシアと悠仁。

大原へ引っ越した翌朝、家のまわりを探検する２歳半の悠仁。

在りし日のおくどさん。五つの大きな竈が付いていた。

ベニシアには「終の住処」、僕には「新しいことを始められる家」

京都市一乗寺のベニシアの家に僕が転がり込んだのは、１９９２年の1月のことだ。その頃の僕はインド料理店でカレーをつくる毎日だったが、写真家になることを夢見ていた。ベニシアは英会話教室を経営し、英会話を日本人の生徒さんに教えていた。二人はバツイチだった。

ベニシアは三人の子の母親でもあった。上の二人は海外の高校に留学していたが、末っ子の主慈《しゅうじ》は自宅から国際学校へ通っていた。そこに僕が加わり、新たな生活が始まったわけだが、高校生になると主慈は一人でアパートに暮らし始めた。

僕とベニシアは籍を入れ、93年には僕の最初の子であり、ベニシアにとっては4人目の子、悠仁《ゆうじん》が生まれた。一乗寺の家は比叡山の西麓、曼殊院《まんしゅいん》や鷺森《さぎのもり》神社のある自然豊かなところにあった。僕たちは歩き始めたばかりの悠仁を連れて、毎日のように家の周辺を散歩した。

大原にやってきて、
縁側のある暮らしが
始まった。

そんな95年4月のある日、家主さんから連絡があった。「家を使う予定があるので、1年以内に明け渡すように！」と。

翌日から僕たちは借家探しのため不動産屋巡りを始めた。希望の借家は郊外の自然豊かで静かなところ。「家はすぐに見つかるだろう」と僕は楽観的に見ていた。ところが、紹介された家に行ってみると、山崩れが起きそうな急斜面、日当たりが悪い、道のそばで騒音が激しいなど、希望に添わない家ばかり。家探しを始めて半年経つ頃には、新たな物件情報を得ることはもうなかった。

「どうせ借家なんだから……」と僕は何度もベニシアに妥協するよう説得したが、彼女は首を横に振るばかり。ベニシアだけでなく、京都に住む西洋人の家に対するこだわりは、すごいものがある。そのうち、自分で歩いて空き家を探すという作戦も開始した。ある日、不動産屋からの電話。「あんたらが、必ず気に入る家を見つけた。大原や。見に行ってみぃ！」

京都市街地から北へ20分ほど車を走らせ、僕たちは大原へ向かった。家主の老人が古い農家へ案内してくれる。玄関をくぐった瞬間に「これ、いけるかも！」と僕は感じた。古い日本家屋なので、薄暗くひんやりとした空気が漂っている。「いい感じねえ」とベニシア。小さな悠仁は、家の中をきょろきょろと見ている。

仏壇のある和室に上がると、先祖の古い写真の額縁が架けられていた。ここに引っ越したら、この家の先祖たちの幽霊が出てくるのでは？　と不安な気持ちがよぎる。応接間の床柱はしぶくて立派だ。直筆の山水画が描かれた襖からは、この家の歴史とセンスのよさが感じられた。吹き抜けになった土間へ行ってみると、民俗博物館にあるような、大きなおくどさんがあった。その上を被うように延びる梁は直径50センチほどもある立派なものであった。大黒柱はよく磨かれて赤黒く光った檜だ。

家主に挨拶をして別れ、僕たちは車を走らせた。「ついに私が死ぬ家を見つけた！」とベニシア。僕はこの家で何か新しいことを始められるだろうという予感がする。

帰宅してさっそく不動産屋に電話し、気に入ったことを伝えた。すると、「じつは借家ではなく、家主は売りたいそうです。借家ならば、数年内に必ず買うという契約で……」。え？　最初からその作戦だったんだな。とはいえ、ベニシアには「終の住処」、僕には「新しいことを始められる」と感じさせた家である。これまでの人生で家を買うなんて考えたこともなかったが、方向は決まった。

翌日、不動産屋へ。「頭金はどれぐらい準備していますか？」。どうやら、家を買おうと計画する人は、数年間、頭金を貯蓄してから動き出すのが普通のようだ。「頭金はなく、赤字の自営業です」。不動産屋はあきれた顔で僕たちを見る。そんなことを気にもせず、僕は住宅ローンの申請に動き始めた。何とかなるだろう。いくつかの銀行を回ってみたが、2カ月が流れた。審査がOKの返事をどこからももらえない。仕方がないので、不動産屋が指示する手順で動いてみることにした。すると不思議なことにOKの返事をもらうことができた。「これで家が買える！」

そうこうしているうちに借家を退去しなければならない日が迫って来る。もうすぐ大原へ引っ越せるだろうと安心していたとき、不動産屋から連絡があった。家主の母親が亡くなったので、四十九日が終わるまで待って欲しいと。住む家がない僕たちは仕事を休んで、東北地方の旅に出てみた。そして、カエルの合唱が賑やかな6月15日、やっと大原の住人になることができた。

引っ越した翌日のダイニングキッチンの様子。

風呂で問題発生

1996年6月15日の朝、決められた時刻よりも少し早く、僕たちは新居に着いた。新居といっても築100年の古民家だ。今日からこの家での生活が始まるので、僕たちは早く掃除して荷物の整理に取りかかりたいと思っていた。家は長い間使われていなかったので、すぐに暮らせる状態ではなかったのだ。

売主は、新居の斜向いに住んでいる。僕が車を停めている間に、ベニシアは売主へ挨拶をしに行ったが、浮かぬ顔をして戻って来た。「約束した時刻よりも来るのが早い」と機嫌が悪かったそうだ。

「ベニシア。今日これから、僕たちはやるべきことがいっぱいあるし、あまり気にすんなよ！　あの人は家を売って、ちょっと寂しくなっているんじゃないかな」

ベニシアと前田さん（ベニシア英会話学校の女性スタッフ）は、家に入るとさっそく掃除に取りかかった。僕はまず2歳半の悠仁と家の探検隊を結成した。部屋は全部で13あったが、そのうちの4部屋は窓がなく真っ暗な空間だ。押し入れや物置きとして使う部屋のようだ。

「お父さん。あそこに、まっくろくろすけがいる！」

悠仁は真剣なまなざしで暗闇を見詰めている。まっくろくろすけとは『となりのトトロ』に出て来る、民家の暗闇に住むキャラクターだ。

探検隊は、各部屋をカメラで撮影して回った。生活が始まる前の様子を記録しておきたかったからだ。ところが、ベニシアの一言。

「あなたたち、何しているの？　この忙しいのに写真なんか撮っている場合じゃないでしょう！」

新しい住まいでの最初の夜は、1階の和室に布団を並べて寝た。翌朝、大きな窓から差し込む朝日が眩しかった。昨夜は遅くまで掃除をしていたのに、ベニシアは早起きして作業を始めているようだ。

生活を始めて最初の問題は風呂で起こった。この家の風呂は薪を燃やして温める、昔懐かしの五右衛門式である。浴槽の底に排水の穴はあるが、お湯を溜める栓が付いていなかった。

それで、とりあえずワインのコルク栓に布を巻き付けて代用した。翌日、ホームセンターで栓を探してみたが、どれもサイズが合わない。

それから数日が過ぎても、栓の問題は解決していなかった。売主に尋ねればわかるはずだが、引っ越し当日のことがあったので聞きに行くのは気が引けた。僕は売主とある程度の距離を保つのがよさそうだと考えていたからだ。ところが、そんな僕の気がかりは役に立たない。

「栓は風呂のすぐ外にある」

ベニシアが売主の家へ行って得た、実質的な情報である。

それを聞いて、風呂の近くの屋外を探ってみた。バルブの付いた排水管が屋内からつながっている。試しに浴槽に水を入れてみると、その排水管から水が流れ出した。水を溜めるには、バルブを閉めればいいようだ。これまでは、代用コルク栓を使っていたので密閉できず、お湯は勝手に流れ出ていたのだ。

風呂の栓の問題はこれで解決した。ようやくこの日から、僕たちは温かい風呂にゆっくりと浸かることができるようになった。

「ABCDナットウライス♪」の日々

大原に引っ越してひと月が流れた。僕とベニシアは来る日も来る日も、家の雑用を続けていた。これが今やらなければならない仕事だと思っていたからだ。そんな僕たちを見て、近所の人たちは訪ねてきた。

「仕事は何をしているんですか?」

働かなくてもお金が廻るのだろうと見ていた人もいたようだ。

実際は、家を買うのにお金を使い果たしてしまい、安くて栄養価が高い納豆が主菜の生活であった。そのためか、2歳半の悠仁は大の納豆狂いとなった。

「ABCDナットウライス♪」と悠仁が口ずさむうちに、近所の子どもたちもその歌を歌い始めた。

やるべきことの一つに電気の問題があった。キッチンでトースターと掃除機を同時に使うと、いつも安全ブレーカーが落ちた。また、2階の部屋の半

96年の正月、賀茂川で。「早く家が見つかりますように!」と上賀茂神社でお祈りした後。

分は、電気がどこかで止まっていた。おそらく、こんな時は、業者に見てもらうのが普通だろう。とはいえ納豆生活経済状態である。とりあえず、電気はどうやってこの家へ来ているのか調べてみた。

電気は電力会社によって発電所でつくられる。その電気はまず送電線、次に配電線を通って運ばれ、通常100Vに変圧された後、電柱から各家のメーターまでやってくる。そして分電盤へ。分電盤には複数の安全ブレーカーが付いている。安全ブレーカーを経て、電気回路の最終点へ。一般家庭での最終点とは、各部屋に取り付けられているコンセントボックスと引っ掛けシーリング（部屋の天井に付いている照明器具をセットする配線器具）から使える電気であろう。こうして僕たちは発電所から長い旅を続けた電気を利用して、電化製品を使うわけだ。

できることは何だろう？　電気工事は法的に電気工事士の資格が必要だが、僕でもタッチできる部分はきっとあるはずだ。家の中の配線状態さえわからない状態だったので、まず簡略な配線図のようなものをつくってみようと思った。

我が家の分電盤には七つの安全ブレーカーが付いていた。それぞれの安全ブレーカーは、どの部屋に繋がっているのかを調べることにする。七つあるブレーカーの一つだけを作動させ、コンセントまたは引っ掛けシーリングへ電気が来ているかチェックすればわかるわけだ。この作業に2日もかかってしまった。

簡略配線図をつくるうちに、この家の配線は計画性がなく、後から何度も配線工事が繰り返されたと想像できた。ひどく混んだラインがあれば、ほとんど使われていないラインもあったからだ。

また、電線をたどって天井裏にも上ってみた。すると、今普及しているVVFケーブル（ビニール被覆で平型）で配線されているのは半分ぐらいで、残りの半分は、布で被覆がなされた昔懐かしの単線コードだった。新旧が混在している状態だ。

夏の天井裏はさすがに暑く、汗と5センチ積もった埃でひどい状態になった。天井裏に上がる前は、この家が棟上げされたときの記念とか秘密はないかと、ちょっと期待していたのだが……。そこで得たのは、これからやるべき配線工事は、大変だろうという予想だけであった。サウナのような天井裏から抜け出すと頭がクラクラした。

改修工事中、おくどさんの中に入って遊ぶ5歳の悠仁。

土間を写真スタジオに改修する

京都では竈《かまど》をおくどさんと呼んでいる。京ことばでは、生活と関わりの深い名詞に「お」と「さん」を付けるケースがある。たとえば「おあげさん（油揚げ）」とか「おひがしさん（東本願寺）」など。「おくどさん」は「竈」に「お」と「さん」を付けたものだ。

大原の家に初めて来たとき、吹き抜けの土間にある、おくどさんに驚いた。貫禄があり美しい。直径70センチもの大鍋を火にかけられる。おそらく、結婚式や法事でたくさんの親戚が集まっても、このおくどさんで、皆の料理をつくったのだろう。ここに暮らしてきた人びとの息吹が、残されているように感じられた。

しかし、僕たち一家がここに暮らすようになって2年、おくどさんを使うことは1度もなかった。大原に多い、四つ目建ち（家の一階の中心部分に、田の字のように4部屋が集まった間取り）の2部屋をダイニングキッチンに改修していたので、調理台はそちらにある。おくどさんのある土間は暗くて寒く湿気も多い。ときどきイタチが走り回るので、ベニシアは怖がっている。悠仁は、ここにもまっくろくろすけが住んでいると言う。そんなわけで、たまに来てくれる客人に「重要文化財みたいでしょう！」と鑑賞してもらうだけの存在になっていた。

暖かな春のある日、町内の池田さんから、池田家のおくどさんを撮影して欲しいと頼まれた。築150年の家を改築するので、おくどさんを撤去するそうだ。カメラを持って訪ねると、すでに神主さんがお祓いを済ませた後で、おくどさんの上には、塩と米とお酒が供えられていた。

その3カ月後、僕とベニシアは完成した池田家を訪ねた。古民家を上手に改築することで有名な工務店に依頼したそうで、家の外見は以前と変わらぬ雰囲気であった。

ところが、室内は元からある渋さに、使いよさと現代的センスが加えられたようだ。僕もそのうち、我が家のおくどさんのある土間を写真スタジオにつくり変えようと思った。

年が明けた99年1月の寒いある日。僕はついに腰を上げた。ツルハシとバールを持って、おくどさんを囲う黒いレンガを剥がし始めたのだ。

土壁を撤去する知人のチュータと9歳の悠仁。

レンガの目地の表面はモルタルで固められていたが、内側は粘土のような土で留められていた。大変なことになるかと予想していたが、案外簡単に作業は進んだ。外出先から戻ったベニシアは、土埃が立ちこめた土間を見て驚いた。幼稚園から戻った5歳の悠仁は、新たな遊び場ができて嬉しそうだが、「まっくろくろすけはどうしたの?」と、ちょっと心配でもある様子。

おくどさんから取り外したレンガは、いつか庭の通路や花壇の縁に使おうと庭の隅に積み上げた。レンガの内側の土は庭に撒くことにした。こうして再利用することにしたので、ゴミは出ない。おくどさんを取り除いた土間の部分をモルタルで固めて、写真スタジオができ上がった。

改修する前、僕はこのおくどさんの写真も撮影しておいた。自分の力で安くできたのはよかったが、今もそのおくどさんの写真を見ると、少し複雑な気持ちになってしまう。

ある時は日曜大工の工房、ときどきロッククライミングの練習場にもなる土間。

薪ストーブに心暖められ、悠仁を出産した日のこと

結婚したばかりの僕らは京都市内の借家で暮らしていた。妊娠して大きなお腹のベニシアは「薪ストーブが欲しいね。炎をゆっくり見ながら、お腹の赤ちゃんの成長を楽しみたいね」と話していた。

住んでいた借家は比叡山から南に延びる尾根の麓にあり、山の雑木林と家の庭はつながっていた。薪にする枝は、おそらくこの裏山で集めることができるだろう。また、僕たちの結婚を祝って、友人たちが斧とチェーンソーをプレゼントしてくれていた。ないものは、肝心な薪ストーブだけである。

欧米の薪ストーブはかなりよさそうだが高価である。安いという理由だけで、僕は中国製ダルマストーブに決めた。煙突などすべて含めてたしか5万円ぐらいだったはずだ。ダルマストーブは、あまり重くなかったので一人で車に積み込んだ。帰宅した僕は、さっそく煙突の排気口を部屋上部の窓から外へ出して、ストーブ本体につないでみた。

ストーブを設置すると、僕は裏山へ登って薪になる枯れ枝を集めてきた。果たして、ちゃんと燃えてくれるであろうか？　ダルマストーブの中に小枝を入れて、祈るような気持ちで火を付けてみた。

最初の薪ストーブは中国製ダルマストーブにした。

小枝はまず白い煙を出し、僕はちょっと不安になったが、そのうちオレンジ色の炎を出してメラメラと燃えだした。心配そうに見ていたベニシアと顔を見合わせて、初点火を喜んだ。

こうして薪ストーブのある生活が始まったが、僕たちを警戒する近所の人々の声が少しずつ聞こえるようにもなった。裏山とはいえ、他人の山に入って薪を集めることへの非難。また、チェーンソーの音がうるさいとか、火災を起こしたらどうするのかといった声も。僕たちが家の持ち主ではなく、借家の住人だからそう言われたのかもしれない。

そんな声を聞きながらも、僕たちは毎晩薪ストーブに火を入れた。出産当日の夜もそうである。「今晩、生まれるかもよ！」と彼女が言うので慌ててタクシーを呼び、僕たちは産婦人科に向かった。明け方、無事

に分娩室で息子の悠仁が生まれた。それから2年半が流れ、僕たちは大原の家へ引っ越した。山に囲まれたここ大原では、チェーンソーや薪ストーブに対する警戒の声は聞かれない。

薪ストーブを使うために最も大切な仕事は、まず薪を確保することだろう。商品になった薪が売られてはいるが、自分の力で木を集めて薪を割ることに僕はこだわりたい。薪となる木と関わり、その木が育つ森を見るうちに、自然や環境についてちょっと考える機会を得ることもある。

ある日、近くで山仕事をやっている後藤君から電話を貰った。

「ナラ枯れしたミズナラを伐採するけど、薪にしたいなら取りに来ませんか?」と。京都近郊の山の森では、ミズナラ、コナラ、カシ、シイなどのブナ科の樹木が、ナラ枯れという病気にやられて大量に枯死している。そんな病気の木を薪にしてもいいのだろうかと思ったので調べてみた。

ナラ枯れとは、ラファエレア菌というカビの一種によって起きる枯死である。まず、カシノナガキクイムシという体長5ミリほどの甲虫が、ナラ科の樹木の幹の内部に坑道を掘り進める。やって来るカシノナガキクイムシの数は大量なので、坑道の数も当然多い。カシノナガキクイムシの幼虫はラファエレア菌を食べて生きるので、成虫のメスは坑道内にラファエレア菌を運び込み繁殖させる。ラファエレア菌が繁殖した樹木は水を吸い上げることが困難になり、2カ月ほどで枯死してしまうという。

1960年頃までの里山の森は、薪や炭、椎茸のほだ木などの採取地であり、森はよく手入れされていた。ところが、その後の燃料革命で里山の森は放置されるようになり樹木は高齢化して、カシノナガキクイムシが繁殖しやすい環境に変わっていった。今日では、高齢化した木を切って森の手入れをすることにより、森は活性化、若年化するので、ナラ枯れを防ぐことにつながると言われている。

ナラ枯れ現象は1年で4キロペースの速度で広がりつつある。ナラ枯れした木を、伝染範囲外に持ち出すとナラ枯れを広める恐れがあるそうだが、範囲内なので僕は貰うことにした。こうしてハイエースにミズナラを6回満載させて、今年1年分の薪を調達することができた。

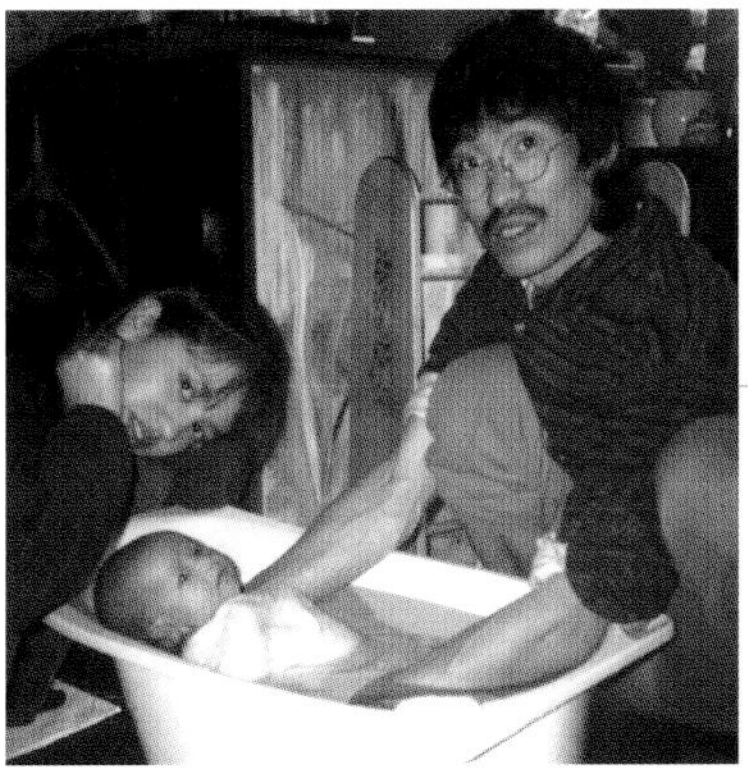

ベニシアの次女、和美が見守る中、赤ちゃんの悠仁をベビーバスに入れる。

炎が心とお腹を満たしてくれた

小学校1年生の頃に僕はマッチで火を点けることを覚えた。おそらく誰もがそうだと思う。火を見るとドキドキと興奮したものだ。

ある日、自分でロウソクを灯してみたいと思った。台風で停電するときに灯す、ロウソクの炎にワクワクしていたからだ。母親に見つからないように、あまり使われていない部屋に忍び込み、足踏みミシン台の上にロウソクを立てようと思った。炎を灯すことはできたが、細く不安定なロウソクはすぐに倒れてしまった。倒れないようにロウを垂らして立てることをまだ知らなかったのだ。

しばらくして、ミシン台の上に置かれていた綿入り袢纏の辺りから、かすかに煙が出ていることに気がついた。僕はあわてて水を汲みに洗面所へと走った。ところが、モクモクと煙は収まらない。そのうち、異変に気づいた母親が、あっという間に火を消してしまった。

中学生のある時、原始人のような洞窟生活を体験してみたいと思った。インスタントラーメンと鍋を家から持ち出して、近くの森の防空壕の中で火を焚いてラーメンをつくってみようとがんばった。ところが、小枝や落ち葉の煙に燻されてしまい、洞窟生活の苦労の一端を経験させられることになった。

そんな、ばかなことを続けているうちに、僕は高校生になった。本格的に登山をやってみたかったので、入学後すぐに山岳部に入部した。そこで最初に教えてもらったことは、スベアというスウェーデン製灯油コンロに火を点けて、コーヒーを沸かすことであった。スベアを正しく作動させるには、ちょっとしたコツが必要だ。うまく燃えれば「ゴーッ！」と気持ちいい音が響く。しかし、失敗すれば灯油が吹き出すか、生ガスに火が着いて大きな炎が燃え上がる。だんだん僕はスベアを使いこなせるようになり、山でおいしいご飯を炊けるぐらいに成長した。

23歳のときインドを旅行した。現地の人々はスベアに似たインド製灯油コンロを日常生活で使っていた。僕は久しぶりに灯油コンロの勇ましい音を聞いて、それを買うことにする。日本食に飢えていたので、灯油コンロを手に入れたばかりの頃は、当然日本食ばかりをつくった。

そのうち、スパイスを使うことに興味を覚えた僕は、店の人に聞きながらスパイスを買いそろえていった。露店でカレーをつくる食堂の料理人の手元を眺めたり、料理本を買って自分でつくって試すうちに、ゆっ

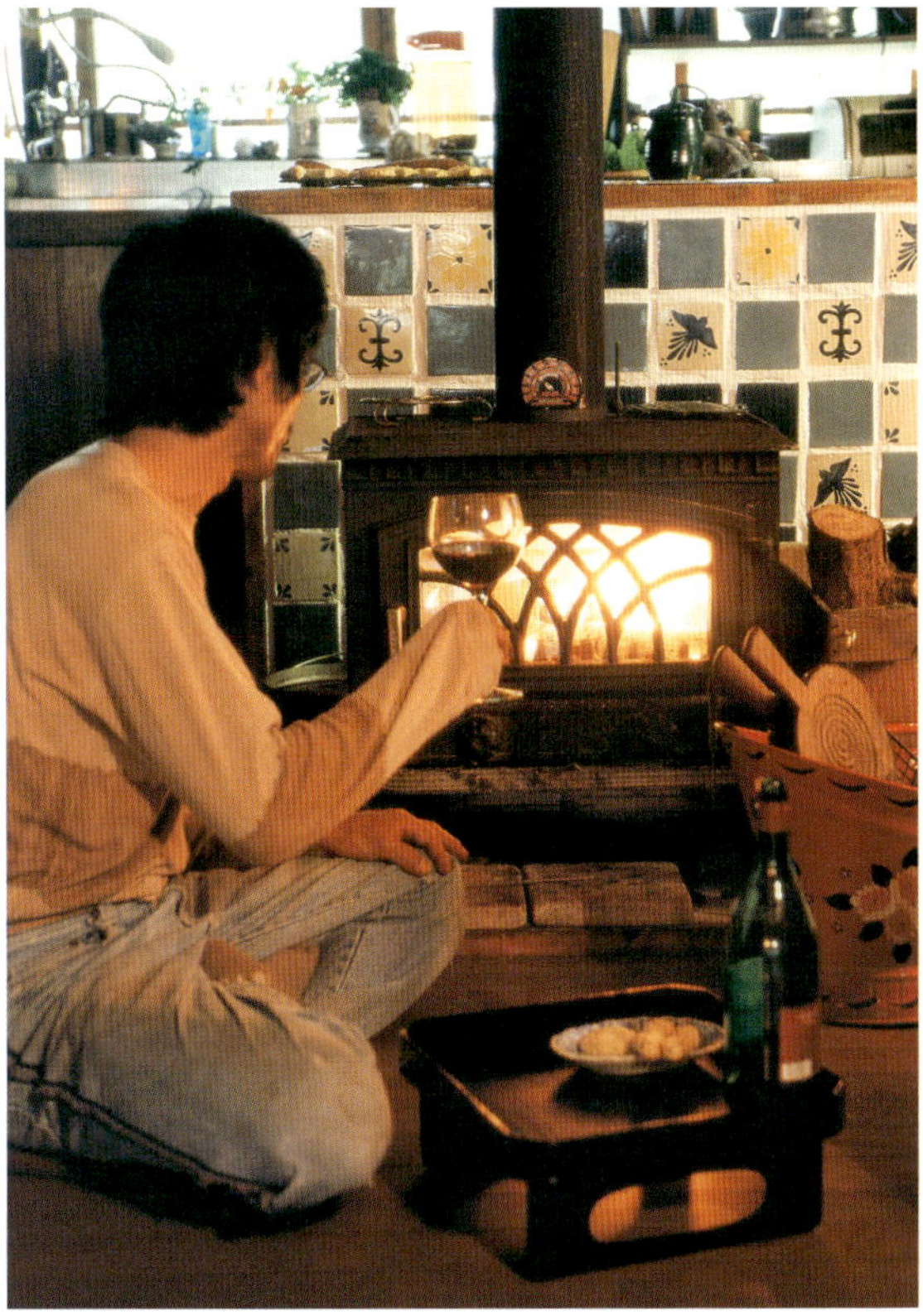

くりと少しずつだがカレーづくりを、旅を続けながら覚えていった。インド料理店を始めたときは、その頃の経験が役に立ったと思っている。

さて、昔の話はここまでにして、我が家の薪ストーブについて一言。今使っている薪ストーブは、10年ほど前に見つけたものである。小さいものは薪があまり入らないし大きいと重い。移動する必要があるときに一人でも運べる重さということで、中型サイズを選んだ。煙突を通すために家の壁に穴を開けたり、ストーブ周辺の床や壁を断熱防火素材に変えるなど、素人の自分たち家族だけで設置するのに3日間ほどかかっただろうか。

我が家では11月から4月初旬頃まで、毎日ストーブに火を入れている。部屋を暖めることに関して言えば、今のストーブに満足している。ところが、調理に使うとなれば、今の機種ではもの足りない。炉室が狭く、バッフルが炉室の上部に付いているので、ストーブトップがあまり熱くならないのだ。そのうち、新たにストーブを手に入れる機会があるなら、シチューを長時間コトコト煮たり、クッキングスタンドを炉室の中に入れてフライパンや網で焼く料理ができるような、調理に特化したタイプがいいと思っている。

上／薪の炎を見ながらワインを飲むと、おいしくてついつい量が増えてしまう。
下／二台目は台湾製。

庭づくりの始まり

暑かった夏が終わろうとしていた。住み始めた大原の家には、駐車場がなかった。それで2カ月間以上も、僕とベニシアは近所の道路脇に車を2台停めていた。庭の一角を駐車場に変えたい。早く何とかしないと、このままでは近所迷惑だ。

駐車場にする予定の庭の一角には、サツキ、モミジ、シラカシ、ナンテンが植わっていた。まず、移植作業に取り組んでみたが、一人で大きな木を移動させるのは難しかった。ロープやウインチを使うなど、体だけでなく頭も稼働させる必要があった。

駐車場をつくるには、道路から1メートルぐらいの高さの石垣を崩して、土を削り取らなければならない。木の移植だけでも大変だったので、駐車場づくりは業者にお願いした。

駐車場ができて、ベニシアは庭に手を入れたくなったようだ。仕事や用事で京都市内へ行くたびに、彼女はハーブや花の苗を買ってくるようになった。家にいる時は、庭を掘り返して石を取り除き、せっせと花壇をつくって植物を植え始めた。

もともと庭には、松や庭石が配置された伝統的な日本庭園がつくられていた。ところが、ベニシアは子どもの頃から憧れていた英国風コテージガーデンをつくりたいと言う。

「ここから向こうは、英国風の庭に変えてもいいけど、真ん中の日本庭園の部分はあまり変えて欲しくないなあ」と僕。

湿気が多い山裾にある家なので、庭は青々とした苔に被われていた。雨が降ると、家の屋根に降った雨水は、雨樋を伝って庭に流れ込んだ。庭には排水路がなかったので、雨が降ると池のように水が溜まった。

「これから私は、ハーブとガーデニングを趣味にします」とベニシアは張り切っていた。一方、僕は家のことなんか早く終わらせて、趣味の登山を再開したいと思っていた。それなのに、次は庭の排水工事をしなければいけない。

庭のモミジが赤く色づき始めた。ホームセンターで塩ビ製パイプと枡、それにセメントと砂を買って来た。塩ビ製パイプを埋める溝を掘り、雨樋からの水を流す排水路をつくった。

また、庭の水はけがよくなるように、1センチぐら

赤く染まる木イチゴの実。庭の植物がしっとりした秋の彩りを見せる。

いの穴をたくさん開けた塩ビ製パイプをあちこちに埋めた。パイプの先は、石垣の石の継ぎ目に出した。こうしてでき上がった排水路の成果は絶大であった。以前のように、庭が池や沼のようになることはもうなかった。嬉しい。

冬が過ぎ、庭の梅の花がみごとに咲いた日の夕方のこと。

「買っておいた芝生を全部植えたよ。でもけっこう疲れたから、ご飯づくりを手伝ってね」とベニシア。

「わかったよ」

僕はさっそくキャベツを冷蔵庫から取り出して、コールスローをつくろうとした。ところが、昨日、刺身が切れるぐらい包丁をシャープに研いでいたのに、「あれ！ おかしい、なんで？ ベニシア、全然切れない。この包丁でなんか変な物を切ったやろう？」

彼女はとぼけた顔をしている。

「もしかしたら、この包丁で芝生を切ったんとちゃう？」

「そんなに怒らんといて！」

研ぎたての包丁で芝生を切るなんて……。ガーデン大国イギリスから来た人のガーデニング技術は、まったく、すごすぎると思うのであった。

庭をつくり始めた頃。イギリス流に花やハーブの庭にするため、まず地面を掘り石ころを取り除いた。それから、コンポストを混ぜていい土をつくる努力をした。

あの頃を振り返って —— ベニシア

正を好きになったときのこと

「クリスマスパーティーに来ませんか?」と正に誘われたので、正のインドカレー屋ディディに遊びに行った。正は変な踊りをする人で、面白い人っていう印象だった。

お正月の朝だったと思う。正から「いま、忙しいですか?」と電話があった。

その日、3人の子どもたちは前夫のところへ行っていた。私はちょうど一人で、寂しい気分でした。

正に「忙しくないです。誰もいないから、寂しい」と言いました。そうしたら、正が急にうちの家まで、すごいスピードでジョギングしてやって来た(当時は日課だった)。でも、私はびっくりした。私のことが好きなのかな、と思った。その出来事ぐらいから、正のことが好きになった。正ともう一回、二人で話したいと思ったの。私は結婚して子どももいたけれど、前の旦那とは上手く行ってなかった。

仙丈ヶ岳での結婚式

山の上で結婚式をしたいと言ったのは、たぶんベニシアね。正は山が好きだから、正にとってはいちばん喜ぶ場所だし、山ならずっと覚えていると思ったの。

結婚するとき、普通はリングの交換をするでしょう。山に登る前、正にそのことを言ったら、「忘れた。いるん? 僕はいらんけど……」って言うの。私はびっくりして「え、それだと結婚

1991年12月25日のクリスマス、僕は初めてベニシアをパーティーに誘った。

山頂での１枚。11月でこんなにも積雪があるとは当時は知らず、驚いた。

が成立しないよ」と言ったの。そしたら、正は「え！　そうなん?」って。私は真面目に「そうよ」と言った。

正には、リングはどこでも売っているよ、時計屋でも売っているわ、と伝えた。

それで高速道の伊那インターチェンジで降りた。そして、伊那の商店街の中の小さな時計屋さんを見つけて、リングを買うことができた。それから車を走らせて仙丈ヶ岳へ向かった。山は雪が積っていて、本当に怖かった。もし上まで登れなかったら、結婚できないのかもと思ったの。私たちは荷物の中にワインを入れて山に行ったわ。山頂で、牧師さん役をやってくれた友人の前で乾杯した。

大原の家を見つけた日

この場所を見つけたとき、大原にずっといると思ったの。これって、本当に不思議なことよね。

最初、借家を探していた。「家を貸してくれませんか?」と、ここを訪ねて来たときは、家はあまり手入れされていなく、古い昔のままで雨漏りしたり、床が抜けた箇所もあり、荒れていた。家の改装は、正がいるからできた。

私が英会話学校に行っている間に、正は家の改装を少しずつしていた。この家は正のアイデアによってできあがった。普通の人は、お金をかけるけど、お金がないので自分で工夫しながらなんとかつくる。

正は、ある意味、出来すぎる人なの。私はとても幸運だわ。

クリスマスで久々に集まった子どもたちと。右端が僕。

ベニシアはこうして日本にやってきた

連続テレビ小説を毎朝見るのが日課になっている。「マッサン」が放映されたとき、ベニシアは外国人女性エリーが日本で苦労する様子を自分の経験と照らし合わせながら見ている。一方「あなたもマッサンのように、ちょっとは私にやさしくしてよ！」などと言われながら、僕も見ている。異文化の国で生きていくことの大変さなど、ドラマから気付かされることも多い。

約２０００人が住む大原には、3人の外国人が暮らしている。１９９６年に越してきた僕の妻のベニシアが最も古株だ。隣の戸寺町には10年ぐらい後にイギリス人のマカルクさん家族が越してきた。彼は神戸の大学で英語を教えており、日本人の奥さんとの間に小学生の子どもが二人いる。

我が家のすぐ近所に越してきたリーノ・ベリーニさん。50年ほど日本で暮らしているイタリア人で、カトリック教会の神父さんをやっている。大原に友人がいて、なんと僕たちがここに越してくる前に、今の僕たちの家にしばらく荷物を預けたことがあるそうだ。イタリアの家は地震で壊れてしまった。独身の彼は日本の生活に慣れており、けっこう高齢なので、イタリアへ戻るつもりはないそうだ。

そんな日本で暮らす外国人に、日本に来るようになった経緯を聞くと、そこにはたいがい興味深いストーリーがある。ベニシアの話を書いてみよう。

◆東へ向かう

１９７０年10月から8カ月間、ベニシアはインドのハリドワールにあるアシュラム（道場）で生活していた。多くのインド人とともにそこで瞑想の日々を送っていた20人ほどの西洋人の若者たちに、ある日、瞑想の先生であるプレム・ラワットはこう申し渡した。

「皆は自分の国に帰るように！」

プレム・ラワットはわずか10歳の少年。当時は既存の文化に行き詰まりを感じた西洋の若者たちが、別の価値観を探そうとしたカウンター・カルチャー（対抗文化）の時代といわれている。ベニシアはイギリスに帰る仲間たちとは逆に、さらに東へ向かうことにした。日本である。

◆少女時代

ベニシアは貴族の家系に生まれたが、子どもの頃からそこに違和感を感じていた。まず7歳から貴族社会で生

18歳頃のベニシア。

幼い頃はバレエ、
17歳になってからはフォークソングに夢中になったベニシア。

きていくための習いごとをやらされるが、どれも嫌いだった。日本では生け花や茶道、書道、日本舞踊など習いごとがあるが、イギリスでは女性も乗馬、テニス、スキーなどのスポーツで男っぽいことばかり。読書好きでおとなしい彼女は、それらのレッスンから逃げまわっていた。

13歳からディナーパーティーへ顔を出すようになるが、生真面目な彼女はいつもウォール・フラワー（壁に飾られた花のように静かなこと）になった。さらに18歳の社交デビューまで我慢したが、まわりの人びとの話は乗馬や競馬の話ばかり。とても馴染めなかったそうだ。

17歳の時、歌が好きだったので友人とフォークソング・グループをつくった。ベトナム戦争反対など、メッセージのある歌を歌うことが多かった。19歳のある日、アイランド・レコードからレコードデビューの話が舞い込んだ。曲は昔のイギリス民謡スカボロー・フェアである。

ところが録音まで進めていたのに、突然中止に……。なんとちょうど同じ頃、アメリカの有名フォークソング・グループ、サイモン＆ガーファンクルがまったく同じ曲でレコードを発売したからだ。それがきっかけで、ベニシアは歌の世界から離れることにした。

その頃付き合っていた恋人とうまくいかずに悩んでいたとき、あるインド人から瞑想を習い、元気を取り戻すことができた。そのインド人の先生が10月にインドのデリーでピース・ボーン（平和の爆弾）という祭りを計画していることを聞き、ベニシアは行きたいと思う。瞑想の仲間たち10人と中古のバンを手に入れて、陸路で2カ月間かけてインドへ向かった。

◆そして日本へ

ベニシアはインドのあと、どうして日本をめざしたのだろうか？　当時ベジタリアンだった彼女は、ロンドンにあるマクロビオティック・レストランによく通っていた。マクロビオティック運動を始めたのは、日本人の桜沢如一である。また、鈴木大拙の禅に関する本が英訳されて、彼女もそれに触れていた。イギリスの若者たちが、東洋や日本に目を向けていた時代である。

「想い出深いのは、子どもの頃よく過ごしたケドルストン・ホールで見た日本の陶磁器かなあ」

ベニシアの母の実家は、ダービーシャーにあるケドルストン・ホールというカーゾン家の館である。ベニ

フォークグループ「スィート・ドリーム」のベニシア（中）。

シアの曾祖父の兄は外務大臣やインド副王総督を務めたジョージ・ナサニエル・カーゾンで、明治時代に2度、日本に滞在。陶磁器はそのときカーゾンがお土産に持ち帰ったものだ。登山好きの僕は、かつて読んだ訳書『シルクロードの山と谷』の著者であり探検家が、ベニシアの先祖だと知りびっくりした。

◆恵みの風が吹く

1971年春、ベニシアは瞑想の先生プレム・ラワットからインドを出てイギリスに帰るように言われた。母ジュリーがイギリス行きの航空券を手配してくれていたが、彼女は母国へ帰るつもりはなかった。お金はなかったがプレム・ラワットの応援のことばを信じて歩み出そうと決めていた。

「必ず恵みの風が吹くでしょう」

そんなある日、バナラシで知り合ったアメリカ人のアーサーから香港行きの航空券を貰った。彼は兵役を逃れるためアメリカを出てインドに着いたところだった。

その航空券で香港に着いたベニシア。所持金が乏しいので香港の入管は難しい状況だった。それで友人の知人の世話になることに。友人から聞いていた香港で働くイギリス人ビジネスマンに連絡したのだった。彼は見ず知らずのベニシアを助けなければならないことになる。台湾行きの船のチケットをベニシアに買って与えたのだ。

台湾に着いて、どうしようかとＹＭＣＡで途方に暮れていたベニシアに、30代半ばの見知らぬ台湾人ビジネスマンが声をかけてきた。アメリカからのお客さんを案内しなければならないので、彼の英語をチェックして欲しいと言う。その仕事を3日間ほどやると、ベニシアは日本行きの船のチケットを買うことができた。

そうしてようやく鹿児島港に船で到着することができた。彼女が持っていた日本の情報は「Tokyo Fugetsudo」だけ。そこへ行けば外人が集まる店なので、何かの情報が得られるだろうとインドで聞いていたのだ。鹿児島から東京までの距離もわからずトラックをヒッチハイクしたら、大阪淀屋橋で降ろされた。仕方がないのでお巡りさんに「Tokyo?」と聞いたら「あっち!」と彼は指差した。「No money」と答えたら、そのままパトカーに乗せられてしまった。このまま刑務所へ連れて行かれるのだろうか、ベニシアは不安になってきた。ところが高速道路入り口でお巡りさんはトラック運転手に何やら質問している。2〜3台に聞いた後、お巡りさんは大声で叫んだ。

「Tokyo OK！」

嬉しかった。でも、ギンギラに装飾されたトラックが不気味に思えた。夕方、運転手さんはサービスエリアで、親子丼をおごってくれた。ほぼ2日間、何も食べていなかったので、お腹がぺこぺこだった。食事が終わると運転席の後ろにあるベッドで眠るように言われた。その人は少し英語が話せたのだ。ヌードポスターが壁中に貼られたそのベッドルームは怖かったが、ベニシアはいつの間にか寝てしまった。翌朝、目を覚ますと新宿の風月堂の前だった。世界中にこんな親切な人々がいる国って他にあるだろうか……？　日本でのベニシアの生活が始まった。

◆カーゾンの2回にわたる日本滞在

前にも触れたが、ベニシアは子どもの頃にケドルストン・ホールで見た日本の陶磁器が記憶に残り、日本へ行きたいと思っていた。それらの陶磁器を集めたのは曾祖父の兄であり、政治家のジョージ・ナサニエル・カーゾン（1859～1925）であった。つい先日、カーゾンが日本に滞在したときの日記『Lord Carzon's Japan Diaries』の翻訳書（日英文化交渉史研究会発行、吉田覚子訳）を手に入れることができた。それによると1887（明治20）年と1892（明治25）年の2回、世界一周旅行の途中でそれぞれ3週間ほど彼は日本に滞在している。

1887年（当時28歳）の旅行は半年間にわたるもので、日本にはサンフランシスコから乗った船で上陸した。「横浜湾の入り口を見るために、朝早く5時半に起きた。もしかすると雪をいただいた円錐形の富士山を見ることができないかと思ったからだ」と日記にある。それから数日後、カーゾンは芦ノ湖から富士山を見て感激する。

カーゾンは芦ノ湖と日光旅行で、ガイドに伊藤鶴吉を雇っている。伊藤はイギリス人女性旅行家イザベラ・バードが1878年に日本を旅行したときに雇ったガイドだ。カーゾンはサンフランシスコからの船中でイザベラ・バードの著作『日本奥地紀行』（1880年出版）を読み、彼女の旅を助けた伊藤をぜひガイドに頼みたいと思っていた。伊藤は西洋人好みの料理をつくることができるコックでもあった。「日本食メニューでのぞっとするような代替飢餓食から、我々を救ってくれた」とある。また日本女性をカーゾンは日記の中で

ベニシアの母、
ジュリアナ・カーゾンの実家、
ケドルストン・ホール。

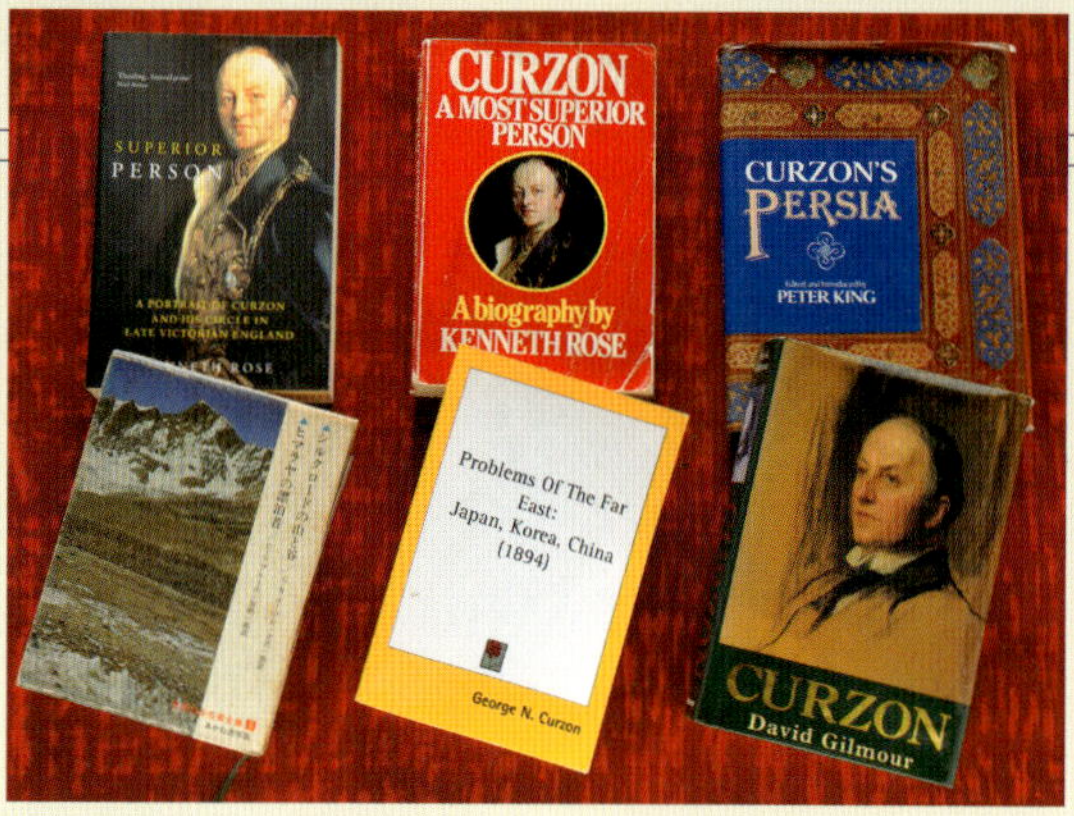

カーゾンに関する本。
世界山岳名著全集など。

こう評している。「愛想がよいだけでなく、完璧に慎みのある親しみを備えていた。これは、世界中でただ日本人の乙女だけに言えることだ」

5年後の1892年、2回目の日本滞在では伊藤博文などの大臣たちと3度の晩餐会や国会議事堂見学など、政治家としての動きの合間に富士山登山に向かった。山好きの僕は、ついつい彼のそういう冒険的な動きが気になる。

日本に着いて6日目の9月18日にヴァル・トスト中尉と知人の使用人に加えて現地で雇った4人の強力の計7名で富士山に挑戦した。ところが7合目で敗退となる。

「頂上を極めることができなかったことや、そこからの美しい眺めを見逃したのはいらだたしかった。その夜の間に天候は急変し、わたしが7合目に着いた時刻から、雨は間断なく、1週間続いたのだった」

西洋流近代登山を日本人に紹介したイギリス人宣教師ウォルター・ウェストンは当時日本で暮らしており、同年5月に富士山に登っている。カーゾンとの交流はなかったようだ。ウェストンは、のちに日本の山を『日本アルプスの登山と探検』（1896年出版）で世界に初めて紹介し、今なお日本の登山界に影響を与えている。ちなみに外国人初の富士山登頂は1860（万延元）年、初代イギリス公使ラザフォード・オールコックら英国人3名を含む日本人役人と従者など百余名におよぶ大登山隊であった。

話を元に戻そう。カーゾンは富士山に未練が残った。京都に向かう車中から富士山を見て「富士山はとてもきれいに、そして、雲ひとつなく見えたので、我々は御殿場で降りてもう一度富士山に挑戦してみようかという気持ちになった」と日記に書いている。

京都滞在中のカーゾンは、寺社見学の合間に伝統工芸品や古美術品を探し求めた。どの店に何があるとか、ある店は固定価格で、ある店は値引きするといったことなど細かく日記に書いている。こうして彼が集めた日本の陶磁器は、子孫のベニシアに影響を与えたのだ。日記によればカーゾンはここ大原には来なかったようだ。

カーゾンは京都のあと神戸から船に乗り、長崎から対馬列島を経て韓国、そして中国へ向かった。そのとき見聞したことや考えたことを2年後に『Problems Of The Far East : Japan, Korea, China』（1894年発行）」にまとめて出版した。

2001–2010

Venetia's garden, my mountain

ベニシアの庭、僕の山

杉苔に覆われ、庭石が置かれていた日本庭園。庭好きなベニシアの手によって和洋折衷のハーブガーデンに生まれ変わった。

座敷から眺めた我が家の庭。白いアナベルと黄色のキンシバイ。紅色のモミジと緑のコントラストが美しい。

ゼラニウムやナスタチウムの花を咲かせ、スペイン風にデザインした裏庭。

裏庭の真ん中にある井戸に蓋をして、テーブルのような台をつくった。後に、ここが庭仕事の作業台となる。

ベニシアが幼い頃に過ごしたスペインのパティオでの体験を思い出し、スパニッシュ・ガーデンと呼ぶことにした。

Sage

夏の間に収穫したハーブは束にして数日間陰干す。こうして保存し、ハーブが少ない時期に備えておく。

石垣の石と石の間に植えたムスカリ。

庭の通路に石畳をつくる僕。

夕方にはワイングラスを傾けるワイン色の庭。

妖艶に咲くジギタリス。

ポーチの日除けに植えたホップを剪定するベニシア。雌花を積んで乾燥させて手づくりビールの材料に使う。

塩漬け発酵のバラの花びらのポプリに、ラベンダーの花穂を飾るベニシア。

古い家には年代物の家具がよく似合う。水屋箪笥とつづら（竹製の収納箱）。

古いガラス窓は表面が波打っている。窓越しの庭の花たちもゆがんで見えて楽しい。

梅の花が咲く３月の庭。６月には梅の実を収穫して梅酒を仕込む。

冬の間、庭仕事は少ないが、3月になると寒さが緩んでくる。すると植物だけではなく、人間も庭で活動することになる。

秋が深まると寒い冬に備えて、薪ストーブに使うためのたくさんの薪が軒下に並ぶ。

大原を流れる高野川の岸辺で、春の訪れを告げるネコヤナギの花穂。

大原は毎冬10回ほど雪が積もる。ふだん見慣れた景色が一変して、知らない場所に来たような新鮮な気持ちになれて嬉しい。

庭に野鳥の餌を置くコーナーを設けている。ビィーヨ、ビィーヨと鳴くヒヨドリが来た。

ハーブティーとハチミツで、元気になった

朝起きてまず最初に口にするのは熱い煎茶だ。僕が淹れた煎茶を飲みながら、毎朝ベニシアは、NHKの朝ドラを見ている。昼過ぎまではコーヒーか煎茶を飲むが、夕方以降はカフェインが入っていないハーブティーにする。カモミールやミント、レモンバームなどベニシアが庭で収穫して乾燥させたハーブを入れた缶がキッチンにずらりと並んでいる。

ハーブとは、草木を意味するラテン語herbaを語源とする英語だ。タイムやラベンダーなど欧米でよく使われるものだけがハーブと呼ばれるのではなく、たとえば日本のネギや三つ葉、紫蘇などもハーブである。世界中のあらゆる国で、食用、薬用、香料、染料など人に役立つ植物は、広い意味ですべてハーブと言っていいだろう。

話は変わるが、僕は味覚と嗅覚を失い、どんな食物をも口にしたくない数カ月間を過ごしたことがある。ある秋、僕は趣味のクライミングをしに岩場へ行った。安全のためロープを結んで登っていたが、5メートルほど下の地面に僕は頭から墜落した。そして意識がないまま、病院にヘリで搬送された。急性硬膜外血腫、両側前頭葉脳挫傷、外傷性クモ膜下出血、頭蓋骨骨折のため緊急手術が施され、命は取り留めることができた。「ただでさえおかしい」とまわりからよくからかわれていた僕の脳は、それでさらにおかしくなった。

味やにおいの情報は、舌と鼻から神経を通って脳に伝えられる。ところが、脳組織が壊れたことで、情報が脳に伝わらなくなったのだろう。だから味とにおいがわからない。食事の時間が毎日苦痛だった。生きるために味のない固形物を少しだけ口に押し込み、咀嚼して飲み込むだけの日々が続いた。

そのとき、ハーブが僕を助けてくれた。怪我して最初の2カ月間は、柚子ティーだけが美味しいと感じられた。搾った柚子果汁とハチミツをお湯で溶いただけの飲み物である。おそらく柚子の爽やかな香りと酸味、ハチミツの独特の甘さだけが、僕の舌にも感じる何かがあったのだろう。

そう長くたたない間に庭に育つ柚子の実はすべて柚子ティーに使い果たした。柚子がないと僕は生きていけない。どうしたらいいのだろう？　味覚がない辛さや自分のことさえもちゃんとで

フレッシュハーブからドライハーブをつくる。

きない苛立ちで、夕方になるといつも落ち込んだ。柚子ティーに加え、精神安定剤と抗鬱剤にも頼る日々が続く。

ある日、ふと思いついたのがハイビスカス&ローズヒップティーである。これはベニシアのハーブティー・コレクションの缶にいつも入っていたが、酸っぱいものが苦手な僕はあまり口にしようとしなかった。ところが、今は酸っぱいハーブが僕に合うかも……。ためしに飲んでみたら美味しかった、そして力が湧いた。それから数カ月間の僕の楽しみは、ハイビスカス&ローズヒップティーを飲むことに変わった。

「いつから治ったの?」と聞かれても、はっきりと答えられない。気が付いたときには、食べ物の味やにおいがわかるようになっていた。どうやら性格は変わったようだが、半年で脳の機能はかなり回復したと思う。柚子ティーとハイビスカス&ローズヒップティーばかり飲んで過ごした数カ月間だったが、後で調べてみるとそれらは僕の脳の治療のために最適な薬となっていたようだ。

柚子は飛鳥か奈良時代に中国から渡来した柑橘類だ。柑橘系の香りは人のストレスを和らげる力を持っている。抗菌消炎作用があり、痛みを緩和して血行を促進する働きもある。

ルビーのような鮮やかな色のハイビスカスは見た目だけでも美しい。ビタミンCとクエン酸を豊富に含み疲労回復を手伝い、代謝促進作用を持つ。美しさを保つためクレオパトラも利用したそうだ。

ローズヒップとはバラの果実のこと。鉄分や大量のビタミンCを含み、血液をサラサラにしてリラックス効果も高い。また、ハイビスカスとの相性もいい。

ハーブだけでなく、ハチミツが持つ効果も目を見張る。ハチミツは、ミツバチによりブドウ糖と果糖に分解された糖分80%の濃縮された栄養源である。人間の1日の基礎代謝量の20%は脳が消費するそうだ。その大飯喰らいの脳は、ブドウ糖だけを吸収する。つまりハチミツの糖分はすでにブドウ糖と果糖に分解されているので、体に入るとすぐに脳のエネルギー源になるわけだ。また、ハチミツは強力な殺菌効果を持ち、傷の治りを早め、傷跡を残りにくくさせる働きもある。

こういったハーブティーを飲み続けたおかげで、回復の兆しが見えた。

ハイビスカスはローゼル種のみ、ローズヒップは原種に近いものを使う。

後遺症もあるが、仕事に復帰

前年の秋にロッククライミング中に墜落して頭部外傷を負った僕は、後遺症の高次脳機能障害に悩む日々を送っていた。

怪我から4カ月が経つ。傍から僕の外見だけを見れば、健康だった以前の梶山に戻ったように見えることだろう。ところが僕の内側というか、精神面はまだまだ回復していなかった。力が湧かず、普通の生活や仕事をするヤル気すら出てこない。第三者から見れば「頭が割れて、あいつは人が変わってしまった。怠け者になった」と思うことだろう。フリーランス・カメラマンの僕に、再び声をかけてくれる出版社はもうないかも……などと、ネガティブなことをつい考えたりもする。動けない自分に僕はイライラしていた。

通院先の精神科クリニックの先生は「大丈夫、時期が来れば必ずヤル気が出てきます！」と断言した。この「時期が来る」ということは「怪我と病気から回復」する時期なのだろうと受けとめた。先生のこのシンプルな一言を信じることが、僕の心の支えになった。

収穫したカモミールにお湯を注ぐと、リラックス・ティーができあがる。

3月のある日、知らない出版社から電話を貰った。料理と食の本が専門の出版社から、プロのパン屋さんのためのパンづくりの単行本の撮影依頼だという。

そもそも僕は山と登山が専門のカメラマンである。パンの撮影などろくにやったことがないと正直に話すと、著者が僕を指名したという。京都宇治にあるパン屋「たま木亭」主人である玉木さんが、ベニシアのハーブ本の中にあるパンの写真1枚を見て、写真は僕と決めたそうだ。僕は嬉しくなり「とにかく会って話をしましょう」ということになった。

「じつは今、自分がまともな脳なのか、どうか判らないです」。当日、僕は脳の怪我から4カ月であることをまず説明した。

脳が損傷されると、壊れた脳細胞は再生できない。残された脳細胞と脳細胞が新たな神経回路をつくることにより元の機能が回復する。とはいえ、厳密に100パーセント戻ることはないらしい。その頃僕は失っていた味覚と嗅覚が回復しつつあった。壊れた味覚と嗅覚の新たな神経回路が、開通しようとしていた時期なのだろうか。また、抗鬱剤や精神安定剤に依存しきっている自分に対し、「こんなことでいいのだろうか」と不安だった。約束した撮影日に「鬱なんで動けません」なんて言えるわけがない。

「撮った写真を見てこいつは難しいと判断したら、いつでもダメだと言って欲しいです」と僕は玉木さんと編集者に話した。

撮影は店の週1回の定休日を利用して5～6回通い、パンをつくる工程と出来上がったパンの撮影を終えて、本は無事完成した。ここのパンは僕が人生で食べた中で最もおいしいパンであり、「たま木亭」は常にお客さんの行列ができる相当有名な店であることも解った。そんなパンをつくる人たちとかかわることができて嬉しい。慣れないパンの撮影の仕事をなんとか終えて、自分はこれからやって行けるんだという自信に繋がった。

4月に入ると山岳雑誌の撮影の仕事が入った。編集者から見放されなかったことは嬉しかったが、久しぶりに再開した山なのに、いきなり難しい鹿島槍ヶ岳の雪稜ルートだったのでビビリながら登った。これを機に、また山岳雑誌の仕事もポツポツ入るようになった。抗鬱剤や精神安定剤などの薬は自発的に少しずつ減らして、怪我から9カ月後にはストップ。それと交替で、長くやめていた酒を再開することにした。

1991年、世界9位の高さを持つナンガパルバットへ挑戦した。

あの頃を振り返って――ベニシア

ロッククライミングでの正のケガ

2007年1月25日、あのときは、香川大学医学部附属病院から私のもとへ、正が脳の手術をするために電話がありました。その知らせを聞いたとき、心配だったし、半分怒っていたわ。いったい正は何をしているの、という気持ち。ケガの当日は、講演のために私は横浜にいたんだけれど、お医者さんから「子どもを連れて来てください」と言われた。子どもが一緒に来て、正と会ったら、正の記憶が戻る場合があるからと言う。

私は急いで大原にもどり悠仁を連れて、スコットランド人の友人の車で香川に行った。

病院に着くと、正の姿を見てびっくりした。26日昼頃、意識が戻った。悠仁を見たら、正の意識が本当に戻った！　ただ、毎日生きるかどうか分からない状態で、悠仁もすごく心配した。入院期間が長かったから、病院の近くの民宿に泊まって2週間ぐらい香川に居ました。看病に疲れて大変だった思い出。

玄関で逆さ吊りの僕。

ベニシア流クリスマス

トラディショナル・フルーツケーキを焼く。材料が詰まった重いケーキで味も濃厚。

1年を通して、我が家で最も大きな家族イベントはクリスマス。日本では正月がそうなるが、我が家では妻のベニシアが生まれ育ったイギリス式となっている。

まず、11月中旬になるとイギリスのクリスマスには欠かせないクリスマス・プディングづくりが始まる。材料の小麦粉、ドライフルーツ、ナッツ、ブラウンシュガー、黒ビール、ブランデー、卵、スパイスを混ぜて、約12時間スチームする。蒸し上がったプディングにはコインを数枚埋め込んでおく。食べるときにコインを見つけた人には、幸運が訪れるそうだ。

さて次は、親しい人に贈るトラディショナル・フルーツケーキに取りかかる。材料はクリスマス・プディングとほとんど同じだが、これはオーブンで焼きあげる。焼けたケーキが冷めるとブランデーをかけて綿布に包み、ケーキ缶に密閉して1カ月間寝かせる。こうすることで、風味が熟成してより美味しくなる。また、小さなミンス・フルーツ・パイもつくって、冷凍しておく。これは12月に遊びに来るお客様用だ。

12月に入ると家のクリスマス飾りに取りかかるが、まずは材料集め。ヒイラギや松など常緑樹と赤い実の南天などを探しに、ベニシアは子どもたちと一緒に近くの森を歩く。そこで見つけた天然材料で、クリスマス・リースやクリスマス・キャンドルをつくる。

さていよいよクリスマス・ツリーと家の中の飾り付けが始まる。子どもたちは、電飾やオーナメントを取り出し、ツリーに吊るして飾り付ける。ベニシアは子どもたちとさまざまなクリスマスの伝統を共有して、この楽しみを次の世代にも繋げたいと願っている。ベニシアが子どもの頃、彼女の母親は一人でこっそりと

右／ベニシア手づくりのリース。
左／クリスマス・ティーのテーブルに並ぶトラディショナル・クリスマス・フルーツケーキとクリスマス・クッキー。

スギやモミの葉と庭のハーブでつくったクリスマス・キャンドル。古代から常緑樹は永遠の生命のシンボルとされてきた。

飾り付けをやってしまい、子どもたちには触らせなかった。ベニシアにとって、それが寂しかったそうだ。

子どもたちがいい子にしていれば、サンタクロースがクリスマスイブの夜、靴下にプレゼントを詰めてくれるはず。子どもたちがサンタさんへ書いたお礼の手紙とサンタさんを労う赤ワインをグラスに注いで、皆はベッドに向かう。

いよいよ25日、クリスマスの到来だ。イギリスでは朝から教会に行くのが普通というが、我が家の皆は寝坊している。やがて、子どもたちはおもちゃでいっぱいになった大きな靴下を引きずりながら、嬉しそうに起きてくる。一緒にベニシア手づくりのシュトーレンと紅茶の朝食をいただく。それからクリスマス・ツリーの下に飾っていたプレゼント交換が始まる。

昼過ぎになるとオーブンに火をつけて、七面鳥を焼く準備に取りかかる。大きな七面鳥は焼けるのに半日もかかるからだ。クリスマス・ディナーづくりとテーブル・セッティングなどに追われるうちに、だんだん夕暮れとなる。家中に飾ったクリスマス・キャンドルの灯りが美しい。

やがて招待した友人たちが集まり、シャンペンの栓を開けて乾杯。それから大きな七面鳥をオーブンから取り出して切り分ける。薄くスラ

ローズマリーやセージなどのハーブでクリスマス・キャンドルをアレンジするベニシア。

右/ライトアップしたクリスマス・ツリー。
左/クリスマス・ツリーの飾り付けに熱中する悠仁と浄。

イスしてディナー皿にのせていくのだが、これが結構難しい。ローストポテト、芽キャベツと栗、ジンジャー・オレンジ・キャロットを添え、グレイビーソースとクランベリーソースを肉にかけていただくイギリス定番のクリスマス・ディナーである。

フィナーレは11月に仕込んでおいたクリスマス・プディングの点火だ。部屋を暗くして、ブランデーをかけたプディングに火をつけ、青い炎に包まれたクリスマス・プディングをテーブルに運ぶと、必ず「ワーッ!」と皆は声を上げて拍手喝采となる。1年の思い出など話しながら、楽しいクリスマスの夜が更けていく。

*

通常、イエス・キリストは西暦元年12月25日に生まれたと言われている。ところが、新約聖書にキリストの降誕日(誕生日)に関する記述はなく、実際はBC8年~AD6年と諸説ある。また、羊飼いが誕生を

右/ホワイト・クリスマスを再現したクリスマス・ケーキ。
左/クリスマス・ディナーのテーブルセッティング。大きなキャンディーのような紙筒は英国式クリスマス・クラッカー。

昼過ぎから降り始めた雪のおかげで、美しいホワイト・クリスマスの夜を迎えることができた。

イギリスでは定番の伝統的なクリスマスディナー。

祝ったあと夜中の見張りに戻ったと記されているが、現地で羊の放牧が行われるのは4～9月で、冬の寒い時期は小屋に入れて外に出さないので12月ではないだろうとも。

クリスマスが12月25日とされたのは、４世紀頃からのようだ。ＢＣ753年からＡＤ１４５３年まで続いた古代ローマ帝国は、領土拡大の過程で周辺民族を取り込んでいく必要があった。

太陽神ミトラスを主神とする古代ローマのミトラ教の冬至の祭りは12月25日。また、古代ローマの農耕神サトゥルヌスの祭りであるサートゥルナーリア祭は12月17日～23日である。また、古代ヨーロッパのゲルマン民族やヴァイキングの間で行われていた冬至の祭りユールも12月下旬の同じ時期に行われていた。古代ローマ帝国は領土を拡大し、かつ多民族をキリスト教化するために、クリスマスの日を定めたようだ。ＡＤ392年にはキリスト教を国教としている。多民族から反感を買わず、受け入れてもらいやすくするため、他宗教の祭りや冬至の日とクリスマスを同じ日としたのであろう。

ちょっと難しい話となった。ベニシアと暮らすようになってクリスマスを楽しむようになった僕は、その日を正月やお盆と同じように楽しいハレの日と受けとめている。

ベニシアの父、デレクはクリスマスの夜もベニシアに絵本を読んだ。大原の夏の夜は蚊帳に入り、ふたりの孫に絵本を読んであげる。

2011–2013

Change of house,
change of Venetia

家も変わり、
ベニシアも
変わる

庭でハーブティーを飲みながら、ゆったりとくつろぐベニシア。

ホップを這わせて涼しい葉かげをつくった玄関横のテラス。お茶や読書をするのにいいところ。

春先に黄色い花をいっせいに咲かせるミモザ。ある年は季節外れの大雪が降り、雪の重みで折れたことも。

手づくりのつる棚にモッコウバラを絡ませた。毎年５月末に黄色の花をたくさん咲かす。

ベニシアはよく花や庭の絵を描き、楽しんでいる。

張り替えた屋根瓦の一部は、ビオラの植木鉢として第二の人生を歩んでいる。

庭の通路を俯瞰。左は近くの河原で自然石を拾い集めたが、あまりに時間と労力がかかり、右の石は材料屋にとどけてもらった。

手押しポンプ付きの樽は植物のための雨水を溜めている。　飛んでいる蝶がデザインされた、手づくりのガラス製ランプシェード。

我が家の１階には田の字状に四つの和室がある。襖を外すとそれぞれの部屋が繋がり、ひとつの大きな空間ができ上がる。

野生のバラ、ツクシイバラを20年以上前に友人から譲り受けた。2004年に熊本県では絶滅危惧種に登録されている。

出かける前や仕事の合間の短い時間でも、庭を歩いて植物の手入れをするベニシア。

気になっていた屋根と瓦

いま暮らしている家に最初に出会い、家の購入手続きなどを始めるまでの間、僕たち夫婦は家を眺めに何度か大原を訪れた。その家をとても気に入った。とはいえ、かなり古い。最も心配なのは屋根である。はたして数十年後も、僕たち夫婦がここに住んでいられるほど屋根は保つのだろうか。

「屋根が波打っているように見えるけど、大丈夫なんですか？」

ご近所さんから僕の不安を煽るような言葉もいただいた。そこで瓦葺き職人の友人に相談してみた。

「けっこう古いならば、ほとんどの家の屋根が真っ直ぐではなく、波打っているもんだよ」

雨漏りしているようなところが数カ所あったが、売り主は修理して明け渡すと言う。売り主や近所のお年寄りに、この家の年数を尋ねると「おそらく80年ぐらいかなあ。よくわからないなあ」ということであった。

なんとか家を購入して住み始めてわかったが、4カ所ほど雨漏りが続いていた。僕は屋根に上って瓦のズレを修正し、瓦と瓦を引っ付ける接着剤などを使って簡略な修理を試みる。

しばらくの間は雨漏りが止まるのだが……。年に数回、山から野生猿たちがやって来て近所の畑を食い荒らす。それから我が家の屋根にも登って満足そうに収穫物を食べるのだ。猿たちは屋根の上を走り回るので瓦はズレてしまう。その度に僕は瓦の修理に追われていた。

また、冬が近づくと天井裏にイタチが住み着いた。それで僕は、罠付き檻を手に入れて奴らを捕獲しようとする。なんとか臭いイタチを捕らえると、車に積んで離れた山中に放しに行った。ところが毎年のように同じことが繰り返されるのである。まさにこれはイタチごっこであった。

大原盆踊り大会で、ベニシアは会場で運営の手伝いをしていた橋本勝三さんと知り合った。彼の次男はレストランをやっているそうだ。数日後にそのレストランを訪ねた僕たちは、おいしい料理にとても満足した。それだけでなく、店の落ち着いた雰囲気もいいなと思った。フランス料理レストランだが、お店は伝統的な和風建築。大工である父親の橋本さんがつくったそうだ。

ずっと気になっていたことだが、我が家の屋根の隅木が1カ所腐っていた。隅木とは屋根と屋根の尾根や谷部

約100年の間、家を守ってくれた瓦に感謝の気持ちをこめて別れを告げげた。

分を支える角材のことだ。屋根の継ぎ目である谷部分に設置されている銅製の樋が腐食して、そこから雨水が染みこんで長い間に隅木が腐っていたのだ。橋本さんを知ったことで、この隅木の修理を彼に頼みたいと思った。無垢材を使った昔ながらの木の家づくりにこだわっているということなので、きっとうまく直してくれるはずだ。

橋本勝工務店が我が家に来てくれたのは、２０１０年の秋であった。まず、橋本さんたちは屋根瓦をめくってみた。すると問題の隅木だけでなく、そこら一帯の垂木や野地板も替えなければならない状態であった。その日は暗くなるまで工事が続いた。

数日後、橋本さんは屋根の状態を説明しに来てくれた。「予想以上に傷んでましたよ。無理は言いませんが、この機会に屋根の他の箇所もチェックした方がいいと思いますよ」

かなりヤバイ状態の部分が、屋根の一部にあることを僕もわかっていた。これは猿たちの瓦ズラシを修理するうちに気づかされたことだ。橋本さんの屋根チェックによると、今すぐに葺き替えなくても、いずれ近いうちにやる方がいいということであった。

「予算の都合で一度に屋根全面やるのではなく、数回に分けて工事を依頼する人が多いですよ」とも話してくれたが、どうせやるなら一度に全面お願いすること

瓦葺きが終わって嬉しそうなベニシア。

にした。瓦だけでなく、屋根の基盤をつくる木材をすべて替えることもすすめられたが、予算の関係で広小舞と野地板だけにする。とはいえ、もしも傷みが激しいならば、それに応じて急きょ隅木や垂木も替えるということにする。瓦は、ちょっと高いが寒さに強く長持ちし、また大原の家のつくりに合った大和瓦のいぶし瓦をすすめられた。

2011年3月に屋根瓦葺き替え工事は始まった。大工さんが4人、葺き替え職人は3人、それに板金屋さんが2人、1カ月半の間、我が家の屋根のために来てくれた。心配していた状態の一帯は、シロアリの巣になっていた。思い切って工事を頼んでよかったと思う。ゴールデンウィーク前に工事は無事終了した。

屋根瓦を葺き替えたことで、おそらくこの家はあと100年ぐらいがんばってくれることだろう。僕も家に負けないよう長生きしたいものだ。

椎茸栽培に挑戦する

冬のあいだ毎日燃やす薪ストーブの燃料をどうやって手に入れるか、秋になると毎年のように悩んでいる。もちろん、市販品の薪を買うなら悩むことはない。でも、手づくりの暮らしにできるだけこだわりたいと考えている僕にとって、薪を自分でつくることもこだわりの一つ。僕の友人、後藤君は山仕事をやっている。いいタイミングで彼に雑木林伐採の仕事が入れば、僕は丸太のお裾分けをもらうことができるのだが……。

秋が深まったある日のこと。後藤君から電話をもらった。丸太が手に入りそうだ。さっそく僕はチェーンソーと手押し一輪車を車に積みこみ、比良山地の山麓にある伐採現場へ、丸太をもらいに行った。僕が車に丸太を運んでいると、一仕事終えた後藤君がやって来た。

「これで椎茸をつくればいい。クヌギやナラとアベマキの木だから、椎茸がよくできるよ」と後藤君。

「でも、俺そんなことやったことないし、難しいんじゃないの?」と僕。

「かんたん、かんたん。椎茸菌が入った種駒を買ってきて、それを原木に植

隣の屋根の上で、畑からの収穫物を頬張る野性の猿たち。

えるだけや。肉厚でプリプリのうまい椎茸が食えるぞー」

自分で椎茸がつくれるなんて、試してみたい。その足で僕はホームセンターの園芸コーナーに寄り、種駒の小箱とつくり方の説明書を手に入れた。

大昔の日本では、椎茸栽培は不可能とされ、山野に自生したものを収穫していた。原木に傷を付けて天然の椎茸の胞子が付着するのを待つ、ナタ目法という半栽培が江戸時代中頃から行われ始める。現在では原木栽培と菌床栽培の2種類が椎茸栽培の主流だそうだ。それぞれの栽培法について、簡単に説明してみよう。

菌床栽培とはオガクズに米ぬかなどの栄養材を混合、整形して固めた菌床に椎茸菌を入れて栽培する方法。空調管理された施設内で10~12週間という短期間に大量生産できるので、市販されている椎茸のほとんどが菌床栽培でつくられているそうだ。

原木栽培とは、伐採して枯れた天然の原木に、直接椎茸菌を埋めて椎茸を栽培する野生に近い方法。原木を伐採し椎茸菌を埋めてから、椎茸が収穫できるまで1年半から2年間待たねばならない。また、原木となる木が育つには10~30年間もかかるし、現に原木は不足している。原木栽培だと時間はかかるが、うまい椎茸が食べられるという。

僕がやろうとするのは原木栽培だ。まず、ほだ木づくりの準備である。冬の薪用の丸太を除いて、直径15センチぐらいのほだ木用の原木を1メートルの長さに切り分けると80本ほどもできた。それを庭に運んでいると近所のおじいさんが楽しげな顔でやって来た。

「何やってるんや?」

「椎茸をつくろうと思って……」

「椎茸屋でも始めるんか?」

このたくさんのほだ木は、仕事レベルの量であるとか。家族で食べるぐらいなら、ほだ木5本で充分だという。それなら、誰かにプレゼントしよう。

秋に切った原木は、3月まで寝かせて乾燥させた。生の木は菌の成長を阻害する物質を含んでいる。それで、すぐに種駒を植菌すると、椎茸の菌がほだ木に広がらないそうだ。

種駒は専用のドリル刃で原木に穴をあけて、金槌で打ち込んでおく。植え付けた種駒から椎茸菌がほだ木に広がるよう、横積みしたほだ木の上からワラ、その上にブルーシートをかけて、保湿状態を保ちつつ1カ月ほど庭に寝かせた。これを仮伏せというらしい。ほんとは、もっと長く仮伏せしておきたかった。ところ

薪ストーブでチーズと和えた具と椎茸を焼いたワインのおつまみ。

が、庭がきれいになる春が来たので「ほだ木をどこかに移動して！」とベニシア。

仮伏せのあとには本伏せの行程があるようだが、置き場がないので、そのまま庭のまわりに適当にほだ木を並べておくことにした。近所の人や友人にもプレゼントして、我が家のほだ木を10本ほどに減らした。その翌年の春、ほだ木をプレゼントした前田さんが「こんなにたくさんできましたよ！」と言って、ほだ木にできた椎茸の写真を見せてくれた。それを見て僕はびっくりしたばかりでなく、焦りも出てきた。僕のほだ木からは、まったく椎茸の気配がないからだ。前田さんの旦那さんは、愛情をこめてほだ木によく散水するそうだ。

同じくプレゼントしたノリちゃんは「なんか雑菌が入ったのか、変なキノコが出てきたので、数本捨てました」。これにもショック。悲しい。

夏が過ぎて、秋がきた。僕の椎茸はどうなるのだろうか？　雨が数日続いた後、何気なく庭に出てみると椎茸のようなものが見える。ほだ木に近づいてみると、濃い茶色の肉厚の椎茸がいくつも出ているではないか……感動！　その日から、プリプリの椎茸を口にする日々が始まった。

原木に種駒を埋めるため、ドリルで穴をあける。

危ないものはいらない 安全で安心できるものだけが欲しい

我が家から80キロ北に福井県若狭湾の原子力発電所群がある。ここは、日本で最もたくさんの原子力発電所があるので、通称、原発銀座と呼ばれている。ここも地震で揺れるかもしれない。福島第一原発事故以来、僕は落ち着かないのだ。

２０１１年、3月11日、マグニチュード9の巨大地震が東北地方三陸沖で発生。それにより福島第一原発事故が起き、放射能が放出した。

その日、地震が起きたことも知らずに、僕はふだんと変わらぬ時を過ごしていた。関西では、あまり揺れなかったのだ。夕方3時半頃、イギリスに住む息子の主慈から、とつぜん電話がかかって来た。

「タダシ、大丈夫? 日本で大地震が起きたんやろ?」

「そうなん? 知らんかった」と僕。

「いまイギリスのテレビで日本の地震のことをやっていて、それで、ヤバイと思って電話したんよ」

早速テレビをつけてみると、どのチャンネルも震災の状況を実況中継していた。

原発事故から数日後、ベニシアの友人親子が放射能を恐れて、東京からベニシアの英会話学校に避難しにやって来た。僕は「福島から避難ならわかるけど、東京から避難しに来るとは……」と驚いてしまった。また、イギリスに住むベニシアの親類からは、「日本にいても大丈夫なの?」と、心配そうに電話がかかって来る。外国の人びとも、地震と原発事故を気にかけてくれている。

食器洗いはローズマリーの成分を煮出した石鹸水を使う。

僕たち家族は住みよい暮らしを願いながらも、まずは、環境のことも考えなければと、ちょっとがんばって毎日の生活を送っていた。

そのいくつかの例をあげてみると、とにかく、こまめに電灯を消すこと。我が家は部屋が13もあるのだ。暖房は薪ストーブを使い、灯油や電気をなるべく使わない。ここは下水設備がなく、生活排水が川に流れ出すので、合成洗剤を使わず、環境によりやさしい石けんを使う。庭の植物たちには、溜めた雨水をやる。また、台所から出る野菜屑、残飯と枯れ葉や雑草を醗酵させてコンポストをつくり、植物の栄養にしている。土壌の微生物を育てず、固い土壌と自立できない植物をつくってしまう化学肥料は使わない。また、世界的に減少している蜜蜂の危機を知り、蜜蜂が増えることを願って、彼らが好む植物を庭に植える。蜜蜂は植物の受粉のために、なくてはならない重要な働き手だから。

こんな小さなことの積み重ねが、きっと地球のために必要だろうなと思いつつ……。

そんな些細な気遣いをぶっとばして、福島第一原発では、原子炉3基のメルトダウンと2基の水素爆発という、原発史上最悪の事故を起こしてしまった。日本はアメリカ、フランスに次ぐ、世界で3番目にたくさんの原発を持つ国だ。アメリカの原発の多くは地震のない東海岸にあり、フランスは、あまり地震がない。日本は世界有数の地震多発地帯である。そんな地震の国に原発が54基もある。これから30年以内に、マグニチュード8程度の東海地震が発生する可能性は、87％と言われている。

原子力発電は、放射性物質という猛毒廃棄物が残される。これから何万年、何十万年と危険な放射線を出し続ける、処理できない猛毒を後世に残していいわけがない。また、人類だけでなく、あらゆる生物と地球環境全体のことを考えていくと、原子力発電は危険が大き過ぎる。即刻止めて欲しいと思っている。

6月中旬になると、庭のツクシイバラの花が満開となる。朝早くからミツバチがブンブンと花蜜集めに忙しい。

江文神社への初詣と長寿のお祝い

「正月は宗像に帰って来るように！」2012年年末に僕の九州の父から手紙を受け取った。数カ月前に父は膿胸を患っていた。これまで、あまり病気などしたことがない父にとって、1カ月半の入院生活は辛かったようだ。僕は4人きょうだいの長男である。姉は両親に80歳の傘寿祝いをしてあげようと、正月4日にきょうだい全員で宗像に集まろうと声をかけてくれた。

ベニシアは年末に3日間入院した。忙しい毎日なので、年末しか入院の日程を空けられなかったのだ。持病の血栓で悪くなっていた左足の静脈を糸で結ぶ手術をやってもらったのだ。退院後3日目の正月の朝、ベニシアと孫の浄《じょう》と僕は、大原八カ町の産土神を祀る江文《えぶみ》神社へ初詣に向かった。神社への登り坂をゆっくりと上ったが、ベニシアは手術した左足が痛むようだ。

年始のお参りを済ませて中央の広場に下り御神酒をいただく。拝殿と本殿の間で焚き火に10人ぐらいが集まって暖を取っていた。僕たちもそこに加わる。初詣の人々が次々にやって来ては、焚き火の輪に入る。狭い大原なので顔見知りばかりで、ローカルな話題の会話がはずむ。

老朽化していた拝殿は、昨年建て替えられ、今は木の香りがするほど新しい。昔は節分の夜にこの拝殿に村の男女が集まり、一夜を明かす風習があったそうだ。その昔、蛇井出（僕が住む井出町のこと）の大淵という池に大蛇が棲み、村人に危害を与えるので、村人たちは1カ所に集まって大蛇から逃れた。それがいつしか、村人たちは節分の夜になると江文神社の拝殿へ集まり、一夜を明かすようになったという。井原西鶴の『好色一代男』の中に「大原雑魚寝」という話があり、そのことが書かれている。しかしこの風習は風紀上いかがわしいということで、明治には禁止されたそうだ。

大原には、こんな伝説もある。昔、おつうという娘が住んでいた。ある日、若狭の殿様に見初められ、殿様のそばで暮らすことになった。しかし、おつうが病に伏すと殿様の熱も冷めてしまい、彼女は大原に帰された。悲しみのあまりおつうは高野川に身を投じる。すると、美しい彼女は大蛇に変わった。ある日、都入りする若狭の殿様の行列

新年の無事と平安を祈願するベニシアと浄。

が花尻橋を通りかかったところ、大蛇が襲いかかろうとした。ところが、家来によってその大蛇は斬り殺されてしまう。その夜から大原は激しい雷雨に見舞われた。恐れた大原の村人たちは、大蛇の頭を乙が森に、尻尾を花尻の森に、胴体を西之村霊神之碑のある所に埋めて霊を鎮めたという。

おつう伝説の大蛇と大原雑魚寝の大蛇は関係あるのだろうか？　日本各地の大蛇や龍などの伝説は、その地の川や水の神様との関係が深いと聞く。おそらく、昔から氾濫が多かった高野川を恐れるうちに、出来上がった伝説なのであろう。

江文神社拝殿内部の壁には、「枡かき」という絵馬のようなものがたくさん掛けられている。その枡かきにはどれも「祝八十八歳」の文字と人の名前が記されている。米寿の祝いに奉納されるのだ。米の字は八、十、八と分解できるので、88歳のお祝いに米が使われるようになったという。枡と斗棒は米を量る道具なので、米寿の祝いに枡かきを奉納するという訳も理解できる。

正月3日目の朝、僕と悠仁は京都から車を走らせて宗像に向かった。手術後で安静にすべきベニシアは、大原でゆっくりすると言う。

宗像の新興住宅地に銀行員の父が土地を買い、家を建てたのは今から約40年前。自由ヶ丘という今風の名前のベッドタウンである。当時、近所の住人は、都市部で働く30代半ばから40代半ばのサラリーマンと学校に通う子どもたちが多かった。学校を卒業して勤めに出た子どもたちの多くは、この町に戻って来ていない。近所の住人は、僕の親のように高齢者ばかりだ。町は山野を切り開いてつくられた分譲地なので坂道ばかり。それで道を歩く人々がほとんどいない。買い物などの用事はすべて車を使っている。僕たちがそこに着いたのは夜8時頃だったが、町は静まりかえり、空き家が多いせいか家の灯りも少なかった。

翌日は両親の傘寿祝いをした。久しぶりに家族が顔を合わせることができて、両親は喜んでいた。高齢になる両親のことは長男の僕が中心に、きょうだい皆で考えていかなければ……。次は米寿祝いができるよう両親の元気を祈りつつ、帰路へついた。

大原も僕の両親が住む町のように高齢者が多いが、人と町の活気はずっとあると思った。散歩の途中で立ち話するおじいちゃんやおばあちゃんの姿などよく見かける。町内の池田おばあちゃんは、毎日のように大原の老人ホームに通っている。彼女はそこの利用者ではなく仕事をしに通っているのだ。とても90歳を過ぎているとは思えない。また、大原に戻ってくる若い夫婦も少なくないようだ。道端で元気に遊ぶ子どもたちのにぎやかな声が増えている。

ハーブ・ガーデンから起きた波

ベニシアがハーブガーデンを始めた経緯を振り返りたいと思う。大原に住み始めて1年ほどで、やるべき主な家の改修工事をやり終えた。始めて間もない僕の本業、写真撮影の仕事は進展していなかったが、趣味の登山は復活していた。ベニシアはガーデニングを始めようとしていた。打ち込める趣味として、庭がベニシアの趣味で生き甲斐になればいい。僕は自分が中心になって庭仕事をするつもりはなかった。一緒に庭仕事をすると、おそらく僕はベニシアと意見が対立するだろう。それは避けたい。僕には登山があり、山という大きな自然の庭がある。ベニシアにとって我が家の庭が、そんな位置づけになればいいと僕は思っていた。

「どんな庭をつくろうか……」とベニシアが考えていた頃、彼女の友人マーク・ピーター・キーンと奥さんの桃子さんが、我が家のすぐ近くに共同農園を借りて野菜づくりを始めた。彼らは京都市街地に住んでいたが、畑を借りたことで週末にはよく遊びに来るようになった。その頃、イングリッシュ・ガーデンが日本女性にとってブームとなっていた。当然イギリス人のベニシアは、イングリッシュ・ガーデンをつくるのだろうと僕は思っていた。ある日、マークがベニシアにこんな提案をした。

「ハーブを育てて、ハーブの使い方を人に教えるってどう？」

「でも、私は教えることができるほどハーブに詳しくはないよ」

「西洋人なら子どもの時からハーブを料理などに使っているでしょう。そういう実際の生活に関わるハーブの使い方など、日本の女性は知りたいんじゃない？」

とはいえハーブ・ガーデンをつくるにしても、元からこの庭にある庭木と庭石は、動かさずにそのまま残したほうがいいというマークの意見。「ハーブや草花だけを植えた庭だと、冬の間にそれらは枯れてしまうでしょう。そうなると庭で冬に見るべきものが無くなってしまう。冬の間、庭木と庭石は庭の重要な視覚的ポイントになるし、この庭をデザインした庭師さんは、ちゃんと考えてそれらを配置しているのだから」

そういう会話を聞いて、僕は正直あまりいい気持ちではなかった。偏狭な思いだが、日本人の僕が日本庭園の見方をアメリカ人から説明されたくなかったのだ。ところが、その後マークの仕事が日本庭園の設計者だと知る。また、日本庭園のデザインと文化的背景を欧米人に向けて説明した書籍『Japanese Garden Design』（96年、英、仏、独で出版）の著者でもあった。

ガーデニングコンテストに入賞

マークに従ったわけではないが、ベニシアはいろいろ考えつつ、とにかくハーブを庭に植え始めた。彼女のガーデニング熱はどんどん高まり、6年後の2002年には「NHK私のアイデアガーデニングコンテスト」に応募してみた。すると最終選考25の庭に、ベニシアの庭も残っていた。現在彼女はテレビにも出るようになったが、その頃は無名の外人のおばさんにすぎなかった。東京のNHKスタジオへ授賞式に向かうベニシアに、こう言って僕は見送った。

「あまり余計なことを喋らないでね。ニコニコとおとなしく座っていれば、無事に式は終わるでしょう」

その日の午後、授賞式の様子が生中継され、僕は茶の間でテレビを見ていた。テレビに映し出された最終選考で残った庭はどれも素晴らしく美しいと思った。テレビの画面で映し出されたベニシアは、僕の願いどおり静かに座っていた。数人の審査員たちと選考に残った庭のオーナーとの会話が続く。そのうちベニシアにマイクが向けられた。

「日本に昔からある花を庭に植えたいですね。キキョウやホトトギス、フジバカマやキクなど。日本の花を

我が家の庭が最も美しくなるのは、5月下旬から梅雨前。

植えないと、そのうち少しずつ減って、やがて消えていくかもしれません。日本の花を守り土を守るということも、自分の庭をやりながら同時に考えるべきことだと思います。また、庭があるその土地の植物を育てるのがいいんじゃないでしょうか。その土地の植物は、そこの自然に合っているから育てやすいし、目にも馴染みます。また、その家に合った庭、家だけでなくそこを取り巻く村や町の風土、環境、歴史や文化に合わせて、違和感が出ないよう庭を溶け込ますことも考えつつ、自分の庭と取り組んでいきたいですね……」とベニシアは話した。

僕はドキドキしながらテレビを見ていた。日本中でテレビを見ている人の前で、恥をかかないようにと心配していた。しかし、この話を聞いて、ベニシアはちゃんと考えて庭に取り組んでいるんだなと僕は感心した。また、コンテスト主催者側が庭のオーナーに語らせたいことを捉えて、ベニシアはうまく話していると僕は思った。彼女はそれほど日本語がうまいわけではなく、判らない言葉も多いはずだ。なのに、その場で話の流れや雰囲気、人の心の動きを的確に掴むのが上手だと思った。

会場の様子はなにやら騒然となり、急遽ベニシアが特別賞を戴くことになった。ベニシアの語りがなければなかった特別賞のようだ。僕が彼女に求めた「ニコニコとおとなしく座って」いればいい、ではなかったようだ。このコンテストで選ばれた庭は、ほとんどがイギリス風の庭だった。母体が日本庭園なのはベニシアの庭だけであった。

このコンテスト受賞でベニシアはさらにハーブとガーデニングにやる気を出したようだ。彼女はハーブ教室を始め、週に一度は10人ぐらいの奥さんたちが我が家に集まるようになった。シャイな僕は奥さんたちに遠慮して、2階の仕事部屋で息を殺していた。

ベニシアがハーブ教室を始めたのは二つの理由があった。一つはベニシアが長年経営している英会話学校で、ハーブ教室はイベント的な意味があったし、ベニシアにとってハーブを教えることは楽しい時間だった。もう一つの理由は、ベニシアの長男の主慈がオックスフォード大学に合格したこと。英国に住んでいる英国人ならば授業料が安いが、ベニシアは日本で暮らしているので英国からサポートを得られない。つまり、授業料がかなり高いのだ。彼女は前夫との離婚後、子

鮮やかな紫の花を咲かすボリジは、元気と勇気が出るハーブ。

の養育費をもらっていない。とにかく学費捻出のために、ハーブ専門家になって少しでも収入につなげる道を探りたいと思っていたのだ。そんな目的もあるガーデニングは趣味の域を越えて、苦労や執念も見え、「鬼のガーデニング」と僕は批評した。

やがて5年が流れ、2007年に彼女にとって初めての単行本『ベニシアのハーブ便り』（世界文化社）を出版することになった。庭やハーブの撮影やベニシアの英文の翻訳などで僕もずいぶんと手伝わされることになった。でも、そのおかげでようやく写真家として、僕もまともに飯を食えるようになった。好きな登山雑誌の仕事だけでは、充分に食えなかったのだ。やがて出版した本は、ハーブの本部門ではベストセラーとなった。これはベニシアが、がんばった成果だと思っている。それからどういうわけか勢いがついて、エッセイ本やDVDブックなどが出版されることに。また、テレビドキュメント番組NHKBS「猫のしっぽカエルの手（京都大原ベニシアの手づくり暮らし）」に、ベニシアが出演し、我が家がその舞台になった。この番組は2009年4月から続いて、今に至る。

趣味で始めたベニシアのガーデニングが、趣味の枠を越えて、やがて仕事につながる波となった。でもこれからベニシアは、ゆったりと静かにガーデニングを楽しみたいと言っている。たまには僕も手伝おう。

6月のビーガーデン。ラベンダーの花のいい香りがあたり一面に漂う。

これまでと違う目で我が家の庭が見える

僕は英語がへたくそだ。僕の英語力は、若い頃インドで貧乏旅行をしながら身につけたかなりブロークンなものである。ベニシアの家族は英語しか話せない。イギリスにしばらく滞在するうちに、つたない会話を毎日続けることに僕は気が引けてしまい、できるだけ会話を避けたいと思うようになっていた。そんな僕の相手をしてくれたのは、子どもたちと犬。彼らとは会話がなくても遊べるのがいい。その後は、ベニシアが渡英するときでも僕は行かなかった。ところが、昨年に引き続き今年もイギリスでの仕事が入った。

その仕事とは田舎暮らしの工芸家たちを訪ねて、制作の様子と作品を写真撮影することであった。昨年同行した編集者は米国と英国留学が長かった人で英語ペラペラ。そんな人と一緒にいるとへたな英語を話す機会はあまりない。ところが、今年は編集者が変わり、僕は自分で英語を話さなくてはならない状況であった。工芸家たちはブロークンな英語を聞いてもきちんと話してくれたので、僕は嬉しかった。

工芸家の田舎暮らしの生活は、僕の生活の参考になるところが多く興味深いものであった。帰国後、イギリスでの体験や感じたことをベニシアに話すと、長年続いた僕のイギリスビビリが治ったと喜んでくれた。

さて、庭づくりの話の続きをしよう。僕が基礎土木工事をやり終えると、次はベニシアが作庭作業にかかる。そんなペースで40坪ある庭を六つの小さな区画に分けて、1年ごとに新たな庭をつくっていった。やっていくうちに、ベニシアはそれぞれの区画ごとに庭のテーマを決め、名前を付けた。玄関前の「ポーチガー

ベニシアは井戸のブロック壁に割れた陶器を貼り付けて、モザイク壁に変えた。

デン」。元々あった「日本風の庭」。ベニシアが幼少期から憧れていた「英国風コテージガーデン」。大きな木々が並ぶ「フォレスト・ガーデン」。スペインのパティオをイメージした「スパニッシュ・ガーデン」。テーブルを囲んでゆっくりワインを楽しむ「ワイン色の庭」などだ。

庭のつくり手の考えは、庭にも表れていくようだ。たとえば「ポーチガーデン」は日当たりがよく水はけがいいので地中海沿岸のハーブをたくさん植えていた。それで後に「地中海の庭」と改名。それはやがて「ビーガーデン」へと変わっていく。近年蜜蜂が世界的に減少しているという現実をベニシアは知って憂慮し、蜜蜂が好む植物たちをそこに植えていったことによる。

六つに分けた庭の境は、垣根や大きな植木鉢に植えた植物などを置いて区切っている。垣根や家、石垣の壁面は蔓植物を這わせている。玄関前のテラスにはフジとホップ。家の壁面にはツクシイバラとモッコウバラ、ハニーサックル、それに数種のツタ類。ワイン色の庭とスパニッシュ・ガーデンの間の垣根にはノウゼンカズラ、庭のあちこちにある灌木類にはクレマチスを這わせている。

こういった蔓植物が伸びるに任せていると、近くの木や電線などにからみつくので、僕は鬱陶しく感じてベニシアに苦情を言ったりもした。伸びていく方向を変えようと、成長して樹木の幹のように硬くなりつつある蔓を違う方向に紐でくくって矯正させようとし、植えて15年ほど経つフジとノウゼンカズラを僕は枯らせてしまった。蔓植物の茎はしなやかだが、強引な矯正は植物の命を奪いかねない。

今回、イギリスの庭で蔓植物が多く植えられているのを見て、ベニシアが蔓植物を好んで異常なほどたくさん植えているのではなく、あれがイギリスでは一般的なことなのだと知った。また、古くなって底に穴があいた手押し一輪車をベニシアは植木鉢として使っている。僕はそれを変だと思っていたが、イギリスの工芸家が同じことをやっていたのには笑ってしまった。

その人が住む家は1598年築と聞かされ、また周りには同じような古民家がいくつもあることに感心させられる。大原の我が家は築100年の古民家だと僕は誇らしく思っていたが、築400年以上の家と比べるとまるで子どものような存在ではなかろうか。

ベニシアは古くなった手押し車を植木鉢として再利用。

A 英国風コテージガーデン

ベニシアの庭づくり

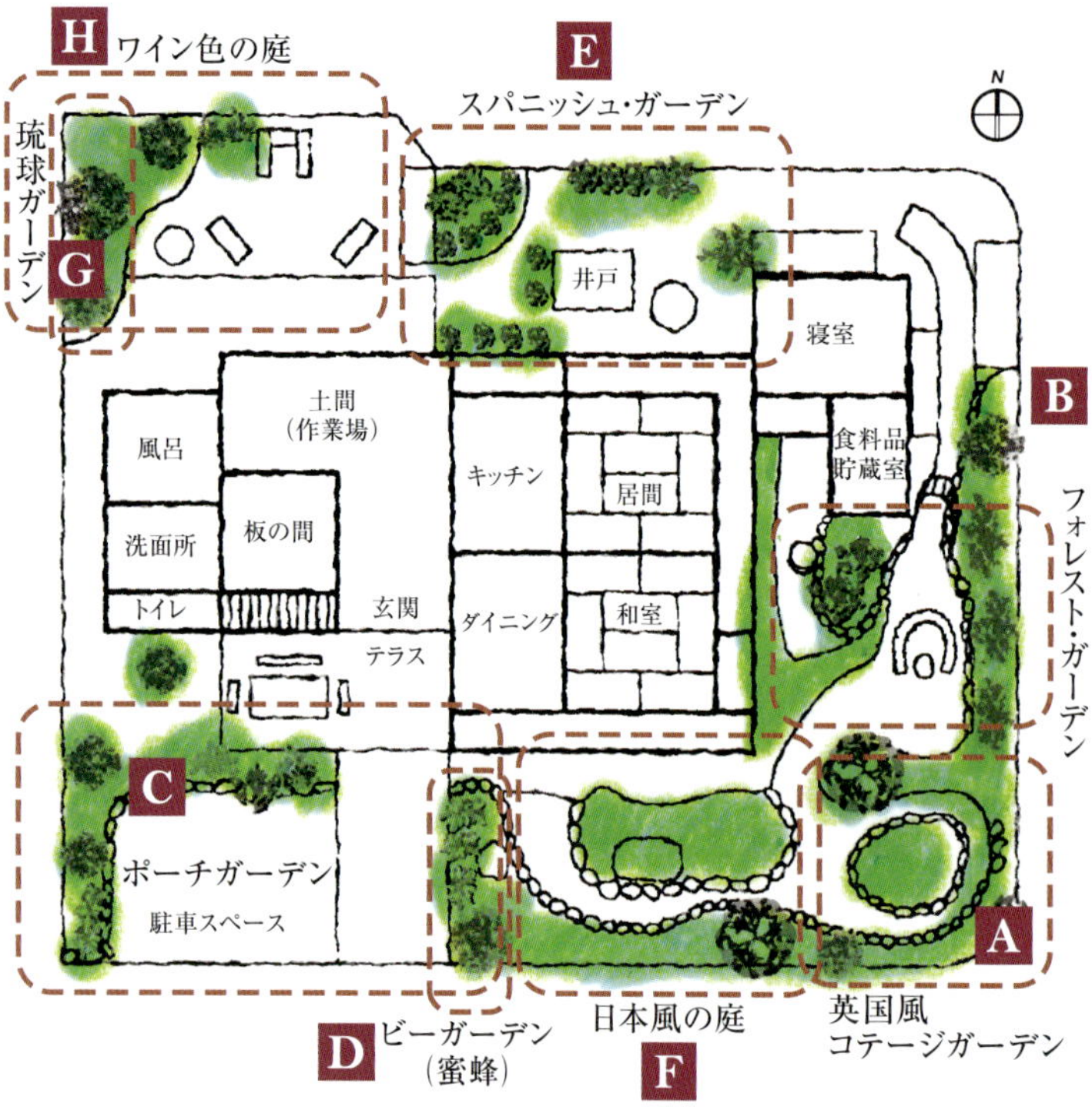

図＝鈴木 聡（TRON/OFFice)

イングリッシュ・ガーデンを象徴する
ジギタリスを中央に植えたエリア。

木陰が多いエリア。１年半前に新たに
タイル製のU字形ベンチをつくった。

B フォレスト・ガーデン

玄関脇のコーナー。2006年に北米で起こったCCD（蜜蜂が突然失踪する現象）を知ってから、蜜源植物をたくさん植えるように。

玄関脇の日当たり・水はけのよい一角。
ラベンダーやタイムなどの地中海沿岸のハーブも植えている。

既存のツツジの植え込みを生かし、
日本のハーブや茶花などを植えている。

スペインのパティオ（中庭）をイメージ。
井戸はブルーの陶片でモザイクを施した。

3年前にベニシアがつくった庭。
訪ね歩いた沖縄の思い出をシーサーに託した。

白、赤、ロゼなどワイン色の花を中心に植えた庭。

あの頃を振り返って――ベニシア

正とのイギリス旅行

正とは何度か故郷のイギリスへ行きました。

ある日、泊まっていた妹キャロラインの家でお客さんが大勢集まるディナーパーティーに参加したこともあった。偉そうな英国の貴族が日本人の正に向けて難しい英語で話しかけて来る。正は言葉が分からないので対応できず、少し困った様子だった。だから、次々に話しかけている貴族について、私は横で正に向けてこう言った。誰でも聞える普通の会話の音量で、どうせ誰も日本語がわからないとわかっていたので。

「このおじさんの言うことはどうでもいいから、相手にしなくてもいいよ」

「あ、この人なら少しは面白いかもしれない」

ふたりだけのシークレットトークを楽しんでいたの。あの時は面白かった！

1999年、ベニシアの妹キャロラインの家族とバーベキューをした。この河原は屋敷内の庭の一部。

僕自身のこれまで

1991年、世界で９番目に高い8000m峰ナンガパルバット登山に挑戦。このとき撮った写真がきっかけでプロカメラマンを目ざす。

初めての海外はインドとネパールを８カ月間放浪した。帰国後、借りていた学生アパートでインドカレー屋を始めた。

冒険家植村直己に憧れていた。ベニシアとのアラスカ旅行では、エスキモー服を着て、植村さんになりきって記念撮影。

「魔の山」と言われるナンガパルバット。頂上まではとどかなかった。

大原の自然

京都盆地北端から約8キロメートル離れた山中にある大原盆地。翠黛山（右）と金毘羅山の麓には約2千人の暮らしがある。

周囲の山から
澄んだ水が沢を伝い、
大原へ流れ込む。
その地下水を汲み上げた
大原の水の
美味しさは格別だ。

家のすぐ裏から、
杉や檜の森が続く。
山道を歩いて
峠を越えて、
京都市街地や琵琶湖まで
足を延ばす
ことだってできる。

大原から歩いて
比叡山を
目ざそうとした。
木洩れ日の森に
感動してカメラを
出すうちに、
その日は紅葉撮影の
日に変わっていた。

晩秋の朝、
路傍の草むらが
美しく光っていた。
近づいてみると、
チカラシバの穂が
朝露に濡れていた。

大原盆地の真ん中を
突っ切るように
流れる初冬の高野川。
ベニシアと僕は、
この岸辺をよく散歩する。

この冬はじめての雪が、
山や畑や森を白く染め上げる。
ふと見ると、
ヒノキの小さな葉先にも、
雪は新たな造形に
取り組んでいた。

2014–2019

*Relations with the house
and with people,
and family
in the broader sense.*

住まいと人の輪
……大きな家族

玄関横のテラスで庭仕事を楽しむベニシア。

上／不思議な形のクレマチスの実。　中／ナニワイバラに来たコアオハナムグリ。　下／鮮やかな模様のアサギマダラ。

たくさんの花を付けたアナベル。アナベルは北アメリカ東部で自生するアジサイをオランダで品種化したもの。

風薫る我が家の玄関前。庭の植物たちが最も元気な季節。

天窓の明かりがキッチン全体に広がるように、上部の土壁を撤去した。流しの窓から裏庭が見えて食器洗いも楽しくなった。

料理が楽しくなってきたキッチン

ちょうど梅の花が満開の頃に、キッチンの改装工事が終わった。昨年末に橋本勝工務店に頼んだ風呂や下水道関係の工事のときに、キッチンも同時に進めるつもりでいたのだが、寒いので先延ばしすることにしていた。暖かくなってから着工することと、消費税増税前のタイミングが、ちょうど梅の花の時期となったのだ。

築100年になる我が家の炊事場はかつて土間にあったようだが、その後、前の持ち主が和室に移動させていた。とはいえ、和室の縁側に流しと調理台をそのまま置いて、ガスと水道を引いただけの簡単なものだった。換気扇を付けていなかったので、肉を焼いたり、中華炒めをすると煙で周りが見えなくなった。また、薄暗いので、電灯を点けていなければ昼間でも手元が暗かった。改装の目的は、明るくすることと換気扇を付けることだ。

「キッチンの壁の仕上げはどうしましょうか?」と下見に来られた橋本さん。僕は無垢の木材がいいと思っていたのだが……。

「下地の耐火ボードの壁の上にステンレスの板を張るか、タイルや煉瓦、石材などで仕上げるのはどうですか?」

「タイルがいいわ!」とベニシアが目を輝かせた。

ベニシアは5歳から1年間、スペインのバルセロナで暮らした。母ジュリーの3回目の夫との新生活の場が、その地であった。ベニシアはバルセロナに面した地中海で、初めて泳ぎを覚えたそうだ。

スペインの建築物の外壁には、装飾用にタイルがよく使われる。また、食事の場ともなる中庭の床は、タイルやテラコッタ、石材などが敷き詰められている。そこは、土や芝生で被われたイギリスの庭とはまったく違う雰囲気だったことをベニシアは覚えているという。さらに、バルセロナといえば建築家アントニオ・ガウディの建築物がある町だ。曲線とカラフルなタイルを多く使った不思議な雰囲気を持つ建築物の印象が、幼いベニシアの心にも深く残ったそうだ。

大原に住むようになって間もない頃、ベニシアは裏庭にある井戸を囲う壁が、むき出しのブロックの壁で美しくないと嘆いていた。そのうち、彼女は割れた青磁器の破片などを集めてそこに貼り、モザイク模様の

改装したキッチンのタイル壁。

壁に変えていた。また、雑貨屋や骨董品店で面白いタイルを見つけては少しずつ買い集めて、調理台や薪ストーブの耐火壁などに自分でタイルを貼って、お気に入りの雰囲気に変えていた。おそらく、ベニシアはタイルが大好きなのだ。

キッチン改装工事は、土壁を削って広い窓枠を取り付けて、そして大きな換気扇もすぐに設置された。ところが、橋本さんが悩んだのがタイルであった。

これまでベニシアが自分で貼ったタイルのほとんどは、白地に紺と青と黄色の模様が描かれたメキシカンタイルだ。タイル仕入れのために、橋本さんがこれまで繋がっている業者から捜していくと、扱っている商品のほとんどが現代の日本製タイルだった。メキシカンタイルは、素朴で暖かな、やさしい芸術的雰囲気を持っている。日本製タイルはカチッと正確だが、どこか冷たくてラテン系文化が持つ大らかさに欠けるように橋本さんは感じたのではないだろうか。メキシコは１５２１年から３００年間スペインの植民地で、タイルづくりの技術はおそらくスペインから伝わった。ベニシアが幼少時代に記憶した、ガウディの建築にも繋がるところがあるのかもしれない。

ちょっと時間がかかったが、橋本さんはメキシカンタイルを仕入れた。そして、タイルを貼る日がやって来た。タイル貼り職人は通常独自に作業をするはずだが、工務店ボスの橋本さんも手伝いにやって来た。職人さんは、インテリアにちょっとうるさそうな外人さんが住む家の仕事に不安だったのかもしれない。エキゾチックな絵柄のタイルでどう仕上げるか、職人さんは橋本さんとアレコレ話しながら配置を決めていく。僕がときどき現場を覗きに行くと、二人とも楽しんでいる。いつも慣れている無地のタイルばかりの仕事と違い、絵柄入りはプロの職人さんにとっても日常の仕事から逸脱するものがあったのかもしれない。こうして、明るく楽しいキッチンができ上がった。

明るいキッチンで、スグリのジャムをつくるベニシア。古い日本家屋は窓が少なく暗い家が多いが、ちょっとした工夫で明るくなる。

以前のキッチンの様子

薪ストーブの後ろに付ける断熱防火壁をつくるベニシア。スペイン製のタイルを漆喰で固めた。

英国製のコッパーケトルが並ぶキッチン。

ある日のディナー、オレンジ風味の鮭のホイル焼き。

冬の間、毎日休むことなく燃え続ける薪ストーブ。暖房だけでなくシチューを天板で煮たり、中はオーブンとしても活躍する。

ノリちゃんの秘密の花園を見に行く

6月のある日、僕は大原の酒屋さんを訪ねた。目的は、この店の看板娘のお花畑。35年前から、僕は大原の金比羅山という岩山に岩登りに通っていて、岩登りの後は、ここでビールを買い、バスを待った。大原に越してくる前は、京都市街地で僕は暮らしていた。その頃、小学校低学年のノリちゃんが、店頭で遊んでいたことを覚えている。

そのノリちゃんが、今では我が家の庭の手伝いによく来てくれる。彼女はフラワーアレンジメント講師の資格を持つフラワーデザイナーだ。ノリちゃんは自分のお花畑を持っていると聞いたので、ぜひ見たいと僕は頼んでみたのだ。

戸寺町の路地を登って行くと、近所のお爺さんが「どこに行くの?」と気軽に彼女に話しかける。村を抜けて扇状地状の谷間に着いた。かつては、よく手入れされた段々畑が広がっていたようだが、今では自然に帰りつつある。

「ここがウチの野菜畑です」とノリちゃん。害獣除けネット柵の中にはキュウリ、モロッコ豆、ゴーヤ、オクラ、万願寺唐辛子、トマト、ナスがたくさん育っていた。

ノリちゃんは幼い頃から、お父さんや祖父母、叔母さんたちに付いてよくこの畑に来た。雑草の花を摘んで遊んだり、畑仕事の手伝いをしたそうだ。この畑で過ごした時間が、彼女を花好きにしたのだろう。祖父母やお父さんが亡くなってからも、ノリちゃんは一人でここにやって来る。土を耕すなど力仕事はお兄さんがやるが、野菜を植えて収穫するのはノリちゃんの仕事だ。野菜たちの活力を盛り上げるかのように、畑の中央にはメドウセージの紫色の花が咲いていた。

続いてノリちゃんが一人で耕してつくり上げたお花畑がある最上段に登った。害獣除けネット柵をくぐって中へ入ったが、僕の期待していた花が咲き乱れる別世界ではなかった。混沌とした、カオスのような……。

「なんか、むちゃ……ワイルドやなあ!」と思わず口に。どこまでが育てている花で、どれが野生の草なのだろう? また、どこをどう歩いたらいいのか……? 僕はその場に突っ立っていた。そんな不安な僕の心情を気にせず、ノリちゃんはお花畑の説明を始めた。

「このブルーベリーとグズベリーの実は、鳥に食べら

畑の脇を流れる澄んだ小川で野菜を洗うノリちゃん。

れないようにわざとこの雑草で隠しているんですよ」
以前、雑誌の取材で我が家の庭に著名作家が来た。ちょっと困った顔の作家に、ベニシアが庭のハーブの説明を始めると、彼の顔はだんだん明るくなった。

「じつは草だらけの庭かと思い、どう書こうかと困っていました。これってハーブなんですね」と作家は正直に打ち明けてくれた。我が家の庭は、草だらけで花が少ないと批判されることが、しばしば。人は、自分の持つ既成概念から外れたものを排除したいと思うものなのだろう。

「このジギタリスは日本の野生種です。大原は暑いからもひとつ元気がないのかなあ。このギボウシは元気がよくて増えすぎるんで『ゴメンな』って言って、切らせてもらうんです」。ノリちゃんは、よく植物に話しかけるそうだ。

2015年の5月、第17回国際バラとガーデニングショウが埼玉の西武プリンスドームで開かれ、我が家の庭も参加した。ノリちゃんは会場に出向いて、協力してくれるガーデナーたちと一緒に、会場に大原の我が家の庭を再現してくれた。

「フラワーデザイナーとガーデナーは花に対する感覚が違うのかもしれません。ガーデナーは植えた花を、後で見栄えがよくなるようにバンバン剪定するんですよ。私は花たちが可哀想で、可哀想で……。初めは切られた花たちを拾ってまわっていましたが、そのうちあまりに数が多いのでどうしようもなくなりました。そしたら、近くの庭をつくっていたフランス人が来て『捨てるんならください』と頼むのであげました。彼

「秘密の花園」にカワラナデシコのピンクの花が咲き乱れていた。

はちゃんとその花を飾ってくれたから嬉しかったです」

「あのツクシイバラとナニワイバラは、もらった茎を挿し木して増やしたんですよ……」とノリちゃん。ここに来る途中の道端に咲いていた紫陽花も彼女が増やしたもの。大原を花だらけにしようと彼女は思っているのだろうか？

「このハーブはベルガモット、ルー（ヘンルーダ）、エキナセア、レモンバーベナ、アップルミント……。これはイブキトラノオとカワラナデシコ、ワレモコウ、リンドウ。あっ！　このミズヒキは斑入りなんです」。ハーブだけでなく山野草も彼女の好みとか。「あそこの大きなススキは西洋ススキで、この柚の木は私が生まれる前からあるようです。このボタンヅルと野ブドウは勝手にこのゲートの上を這っているんですよ」

ノリちゃんの植物の説明を聞きながら見ていくうちに、最初に受けた印象が変わっていることに気付いた。ノリちゃんの植物との関わり方を僕が理解できなかったということだろうか。はじめはカオスに見えていた草むらが、ノリちゃんと植物の秩序に基づいてつくられた「秘密の花園」に見えてきた。

摘んだ山野草でノリちゃんはリースをつくったりもする。

造園家のバッキーこと椿野晋平さんの家に行く

いつも我が家の植木を手入れしてくれる造園家のバッキーこと椿野晋平さんは、大原からひと山越えた滋賀県大津市伊香立に住んでいる。比叡山から北に延びる山々の裾野に広がる伊香立は、琵琶湖を見おろす棚田が開けた歴史ある農村だ。椿野一家は、天保３（１８３２）年につくられた築１８７年の古民家に自分たちで手を加えて暮らしている。

以前、椿野家を訪ねたベニシアによると「自然体って言うんかなあ。家はそのまま、ありのままで、ちょっと寂びた感じ。お金はあまりかけていないけど、カッコイイ。きっと今の若い人が好きそうなスタイルの一つなんやろうね」。なんか僕には分かりにくいことを言うなあとは思いつつ、彼らがどんな工夫をこらして暮らしているのかぜひ見たい。椿野家を訪ねてみることにした。

５月の晴れて爽やかな日曜日の朝。

椿野家の親子4人が揃って僕たちを笑顔で迎えてくれた。庭の中央にバッキーがしつらえたガーデンテーブルを囲んで、お茶をごちそうになる。

バッキーは「庭椿」の屋号で造園業を営んでいる。97年から4年間、京都造形芸術大学で環境デザインを勉強していたときに、大学の教師で造園家のマーク・ピーター・キーンと出会った。マークはベニシアの友人で、彼女にハーブガーデンづくりをすすめてくれたアメリカ人である。そういう関係で、バッキーも我が家に顔を出すようになっていた。

バッキーは、同じ大学で芸術学を勉強していた可奈さんと出会い、結婚。以前バッキーが育った町である大津市堅田の、にぎやかな商店街のある通りで暮らしていた。やがて夫妻は、静かな田舎の古民家で生活したいと思うようになったらしい。ベニシアと僕の大原での暮らしを見たことも、一つの刺激になったそうだ。そう言われて、僕はちょっと嬉しい気分。堅田からは近いが、田舎暮らしができる伊香立とその隣村の仰木一帯に目を付けて、彼らは家を探し始めた。

椿野夫妻は、まず、お目当ての村の中を歩いて、空いていそうな家を見つけると近所の人に尋ねた。「この家は空き家ですか？　持ち主はどこにお住まいですか？」。不動産屋を頼らず、直接家を探して交渉するという原始的で個性的なやり方。1年間に30軒ほど見たあとで、ようやく今の家に出会うことができた。

その家の持ち主は、車で1時間ほどかかる別の町に住んでいた。その家で暮らしていたのは、父親であったらしい。しかし、10年前に亡くなってからは、ずっと人が住んでおらず、たまに持ち主が草刈りに来るぐらいだった。家を借りたいというバッキーに、貸すために家を修理しないが、自分で直して住むなら家賃はいらないと言ってくれたそうだ。

バッキーは庭と家の中をぐるりと僕たちに見せてくれた。ベニシアによる「自然体」な雰囲気を僕も理解できた。お金をかけなくてもていねいに一つずつ修理をし、愛情をこめて日々を暮らしていくことが大切なのだと、この家は無言で語りかけていた。タダで家を借りることができたのはラッキーと言えるが、椿野家の皆が住める状態に持って行くまでは、がんばりが必要だった。

バッキーのお父さんは造園家だが、この家の先代老父も庭師さんであった。それで、この家に残されていた物の中には、庭道具や庭石などバッキー

バッキー・ファミリーと記念撮影した写真。

にとって使える物もあった。庭のあちこちには、庭石が転がっていた。
家が住めるようになるとバッキーは、それらの石を使って庭のまわりを囲み、飛び石や石段をつくった。庭木が多すぎたので少し減らして、ハーブや草花を植えた。「ハーブや草花を植えたのは、ベニシアさんからの影響です」とバッキー。ベニシアは嬉しそうな顔だ。

上／土間のキッチン。棚とガス台は自家製。
下／もとは池だったところを、お茶を楽しむくつろぎスペースに。

住まいと人の輪……大きな家族

改めて、僕の家族のことについて少し書いてみよう。僕もベニシアも、初めての結婚ではなく、二度目である。ベニシアには前夫との間に娘が二人、息子が一人、そして二人の孫がいる。そして僕との間には悠仁がいる。

大学に入った悠仁は別居するようになり、もうすぐ次女のジュリーと孫の浄がここに引っ越してくることになった。

ジュリーは浄の出産後に突然、統合失調症を発症した。浄の父親は、出産日までに戻ると約束していたのに所在不明が続き、ジュリーは不安な日々のうちに出産。発症原因の中には、妊娠中の大きなストレスがあるという。その後、彼は現れたが、結婚することなく母国のイスラエルに戻った。ベニシアはジュリーと一緒に暮らしたい想いだが、ジュリーと一度同居したときに、僕は家を出た経緯がある。

精神疾患を持つ人とその家族は、世の偏見の目を気にして病気を隠そうとするのが一般的なようだが、ベニシアはそうしていない。患者やその家族たちと一緒に、治療に関する情報などを分かち合いたいと考えているからだ。日本の医療や行政は、その方面に関して、欧米諸国に一歩先を譲っているようだ。だんだんと僕もジュリーの病気を理解しようと考えるようになり、近頃ようやく同居を受け入れることにしたのだ。

僕たち家族は、多くの人びとに支えられて生活している。いつも楽しく仕事や家事をやりたいので、ベニシアは誰かと一緒にしたいという。もしも手伝ってくれる人がいないと、仕事も日常生活もなかなかスムーズに回らない現実もある。

前田敏子さんは、ジュリーが小学校低学年の頃から、家事やベニシアの英会話学校を手伝いに、京都の岩倉から通っている。かつては、日本の習慣などあまり知らなかったベニシアに、「トイレと台所の雑巾は、別々に分けて使うように！」など細かなことを一つずつ教えてくれた人だ。「ベニシアの日本の母」だと僕は思っている。水彩画を描くことが好きで、大原に咲く野の花などを摘んで、絵にすることが楽しみだそうだ。

前にも触れた造園家のバッキーこと椿野晋平さんは、庭園設計士マーク・ピーター・キーンが大学で教えた環境デザイン学科の生徒だった。学生の頃から、我が家の庭仕事に来ていたが、卒業後は京都と滋賀・坂本の造園会社で約5年間修業して独立した。

以前は僕が自宅の樹木の剪定をやっていたのに、バッキーがベニシアのお気に入りになってからは、僕の日曜植木屋は廃業してしまった。

　最後に、我が家のガーデニングを手伝ってくれる、ノリちゃんこと辻典子さんについて。

　彼女が幼い頃から僕はノリちゃんを知っている。大原にある金比羅山という岩山へ昔から岩登りに通っていた僕は、山麓にある酒屋の幼い看板娘を覚えている。大原朝市で野花を売っていたノリちゃんにベニシアが声をかけたのは約15年前。ベニシアが催していたティーパーティーのスタッフをお願いすることにした。テーブルセッティングのために花を活けてもらったら、あまりに上手なのでびっくり。聞けば日本フラワーデザイナー協会講師の資格を持っているという。

　それ以来、我が家の花とハーブの手入れは、ノリちゃんに頼むようになった。いまはほかの仕事もやっているが、将来的には花の仕事で生きていきたいそうだ。

　僕にとって、ベニシアや悠仁、ジュリーや浄だけが家族ではなく、ここの暮らしに関わってくれる前田さんやバッキーやノリちゃんも「大きな家族」の一員だと思っている。

自分が燻製されようが、ベーコンづくりはやめられません

　久々にベーコンをつくろうと思い立った。

　でもその前に、薪ストーブの煙突掃除もやらなければ。つい先日、薪ストーブに興味ありの人が訪ねてきた。僕は失態を演じた。半月ほど前からストーブの煙の抜けが悪くなっていたのに、煙突掃除をせぬまま使っていた。その日、僕はそのお客さんに薪ストーブ講釈をいろいろとした後に、薪に火をつけた。煙は抜けず、家中モクモクとなり、お客さんはベーコンになるところだった。僕が偉そうなことを喋っても、この煙突が僕の薪ストーブレベルのすべてを物語っていた。とにかく掃除が先決だ。

　ここ3カ月間、家に閉じこもって運動もせずに原稿書きに追われた結果、僕は人生最大の体重となっていた。煙突掃除は2段式4・5メートルのハシゴを9メートルに延ばして作業をする。久々に高いところに登るので、僕はかなり慎重に行動した。落ちてケガ

採れたての野菜をたくさんもらった。料理するまで飾って楽しむことにする。

をしないように。4時間ほどかけて掃除を終え、嬉しい気分で僕はビールをあけた。外出していたベニシアがちょうど帰ってきたので、一緒に飲んだ。一息入れたところで、長いハシゴを片付けることにした。

長さ4・5メートル、重さ20キロほどあるハシゴを家の軒下に運ぶのはなかなかの重労働だ。庭には木や花や植木鉢などたくさんあるので、ハシゴをぶつけないようそれらを避けて進むのは難しい。ハシゴの先を物にぶつけないよう、視線は足元を見る余裕がまったくない。狭い通路を直角に曲がるところで、足首に激痛が走った。ハシゴを投げ出したいところだが、とりあえず家の壁にハシゴを立て掛けて、おそるおそる足首に目をやった。クロックスのサンダルの中が血の海になっている。植木鉢の欠けた縁でやられたのだ。

コンクリートのポーチへ行き、地べたに座り込んで傷の具合を見た。深さ2センチ、長さ6センチ切れており、血が心臓の鼓動とともにドクッドクッと泉のように湧き出て来る。コンクリート床は血で赤く染まっていく。

「救急車を呼んでくれー！」と僕はベニシアに叫んだ。あんなにケガしないよう慎重にハシゴに登って作業したのに、仕事をやり終えた後、片付け途中でのケガだった。救急病院で7針縫う治療を終えて、僕は帰宅した。

肉体的な痛みはもちろんあるが、僕はこのケガで精神的にかなり落ち込んだ。長期間の原稿書きからようやく解放されて、これから好きな登山を再開しようと思っていたところなのに。

ケガの前日、僕は豚バラ肉を3キロ買ってきて、塩漬けにしていた。冷蔵庫で肉を5日間ほど寝かせて、塩とスパイスに漬けた後、塩抜きして燻製にかかる。ベーコンはすぐにでき上がる料理ではなく1週間ほど必要だ。その時間をつくり出すことも調理の要素である。

塩漬けして1週間が過ぎたのに、急な仕事と奮闘していた。冷蔵庫の中から「早く燻製にしてくれ～」とバラ肉たちの声が聞こえる。塩漬けして8日目、いよいよ今日は絶対やるぞと決めたその日は雨になった。まず約3時間、流水で「塩抜き」する。それから、爽やかな風に6時間当てて乾かす「風乾」作業なのに、雨とは悲しい。仕方がないので少しでも乾くように、吊った肉に扇風機の風を6時間当てた。スモーカーに肉をセットし、燻煙材を入れずに、まず1時間ほど40～50℃で半温熱乾燥

塩抜きした肉を吊して乾かす風乾。

させる。それから燻煙材を入れて4時間ほど60〜65℃で燻煙する。熱源は炭を基本とするが、僕は登山用携帯コンロも併用する。炭だけだと温度管理が難しいからだ。

家の中で燻煙すると、僕たち家族もベーコンになる。それで、煙が外に抜けるポーチで燻煙することにした。始めたのが夕方6時と遅い時間で、焼酎を飲みながらの作業だ。これまで、飲みながら燻煙して、そのまま寝てしまったことも度々あった。

翌朝、つくったベーコンの写真を撮ろうと撮影セッティングしていると、庭師のバッキーとかノリちゃん、

マイちゃん、レイナとか、朝から続々といろんな人が現れた。僕は忘れていたが、その日はベニシアが企画したオープン・ガーデンの日だという。僕は急いで撮影を進めるが、皆の目はベーコンを凝視している。「おいしそう、上手につくりましたね〜」と言ってくれた。でも褒める言葉の裏には、「私たちにも当然、分け前があるんでしょう……！」と皆の目は語っていた。

撮影を終えると、すぐにスライスして皆に食べてもらった。嬉しそうな顔がたくさん見える。ケガで落ち込んだ日々を送っていた僕だが、「うまい！」の言葉にジンワリ元気が出てきた。

上／燻煙中の豚肉。
下／なぜか旨そうなものが出来上がると人が集まってくる。

小さな手、大きな力

近くの森にタムシバの白い花が混じると、大原に春が来たことを知らされる。タムシバには花が多いアタリ年と少ないハズレ年がある。やがて、レンゲソウ、菜の花、山桜など次々と大原は花に包まれていく。

子どもが生まれると家の中が春のように、華やいだ雰囲気になる。息子の悠仁が生まれた日のことを、僕は昨日のことのように覚えている。僕は嬉しくて「この子って、特別かわいいと思いませんか？」と産婦人科の看護師さんに言うと「どこの親も、自分の子が特別にかわいく見えるもんですよ」と諭された。

生まれたばかりだというのに、小さな手の5本の指には、爪まで付いていることに僕は驚いた。「最初から全部そろって生まれてくるなんて、生命の神秘やなあ」と僕が感心していると、ベニシアは大きな目標をやり遂げて誇らしさに溢れた顔で微笑んだ。悠仁の小さな手は、僕が小学4年生の時、この世を去った弟のウックル君の手を思い出させた。

まだ言葉を話せず「ウックル、ウックル！」と話しかけていたので、僕たち家族は彼をそう呼んでいた。彼は生まれつき心臓に穴が開いており病弱だった。風邪をこじらせて肺炎になり、たった1年の彼の人生が

大原の菜の花畑。

終わった。ウックル君はいつものように安らかに眠っているように見えたが、体はもう温かくなかった。冷たくなってしまったウックル君の小さな手を握っていると、僕の体温でその手は少しずつ温まる。するとそのうちパッと起きて「ウックル！」と話すんじゃないかと僕は期待した。棺桶に移されるまで、僕はそうやって彼の手を離せないでいた。

悠仁はすくすくと元気に育った。幼い頃は、納豆ごはんが好物だった。英国やアイルランドに住むベニシアの家族を訪ねたときは、大量の納豆を持って行ったぐらいだ。

高校生になると悠仁は僕の背をはるかに越えた。バスケットをやっていたので、背が高いのは好都合だったことだろう。受験勉強をがんばって、ようやく大学に入った悠仁はビジネス英語の勉強を始めた。将来が楽しみだ……と期待していた。ところが、大学を3年ほどで辞めてしまった。悠仁は18歳で大学に入ると同時に大原の家を出て一人暮らしを始めたので、僕は彼と会う機会が少なかった。突っ込んだ話をすることも無かったので、彼が何を考えているのか僕はよくわからないでいた。僕も19歳で大学を中退している。僕が大学を辞めたとき、おそらく僕の父親が抱いた気持ちは、この時の僕と同じような気持ちだったろう。親から見れば子である若者のやることは、危なっかしくて心配してしまうものだ。自分がそんな普通の親のような考えを持つようになるなんて、想像もしなかった。

そんな悠仁が就職した。そして、２０１７年の１月９日に悠仁の子が誕生した。僕にとって初めての孫になる。お産は約10時間苦しんだ後、胎児の頭に吸盤を付けて引っ張り出すという難産だった。母親となった来未《くるみ》は身長１５２センチ体重40キロの小柄な体だが、赤ちゃんは３５６８グラムとかなり大きかったので、医学的処置が必要だったそうだ。

ベニシアは出産の知らせを聞くとすぐに孫の顔を見に行きたがった。一方、僕はどんな顔をして行ったらいいのかわからなかったので、ドギマギし、そこらをウロウロしていた。新しい状況に身を置くことに対して僕は怖がりで、それなりに心の準備が要る。ベニシアに引っ張られるように、僕は彼らが待つ産婦人科病院へ車を走らせた。

僕たちが部屋に入ったとき、赤ちゃんは気持ちよさそうにスヤスヤと眠っていた。赤ちゃんの手を見ると、

生まれて３日目の来愛を囲んで。親になったばかりの来未と悠仁。

ちゃんと5本の指に爪が付いていた。生まれたての悠仁の手を見て生命の神秘を感じたのは、ついこの間のことだったのに、その悠仁の子どもが目の前にいる。信じられない気持ちだ。「たくさんの愛が來て欲しいと願いをこめて、來愛《くれあ》という名にしました」と悠仁は説明してくれた。

そのうち來愛が目を開いた。透き通るように純粋なその目を見ていると、何か大きな存在、生の意志と力が感じられた。お産が大変だったのに、来未は元気そうだ。なんと言っても若い。彼女の顔には、大きな目標をやり遂げて誇らしさに溢れた微笑みがあった。

大切にやさしく來愛を抱く悠仁からは、早くも父親の雰囲気が感じられる。赤ちゃんの持つ力がすごいのか、お見舞いに行ったのに、逆に僕は元気をもらったようだ。幸せな家族になって欲しいと心の中で願わずにはいられなかった。

4人目の孫を喜ぶベニシア。

時は流れ、庭は変わる

日本列島を襲った大型の台風21号により、我が家の庭はかなり傷めつけられた。冬には立派な実を付ける柚子の太い幹がボキリと折れた。甘い実をたくさん付けるイチジクの大木は、垣根や庭の門を道連れに根こそぎ倒された。鉢植えのハーブもひっくり返り、あちこちに素焼きの破片が散乱した。台風明けのその日は、ＮＨＫの番組「猫のしっぽカエルの手」の撮影が我が家で行われることになっていた。あいにく庭を歩ける状況ではない。

僕は朝からノコギリやホウキを持って荒れた庭を片付けていた。やってきたテレビ撮影班は、すぐにカメラを回し始めた。「しっとりと美しい秋の庭」の撮影予定が「荒れ狂った自然の足跡」に急遽切り替えられたようだ。まさにドキュメンタリー番組である。僕と妻のベニシアは「台風に屈せず逞しく生きる人々」の顔をして庭での作業を進める。撮影の合間にスタッフたちが手伝ってくれたおかげで、諦めかけていた直径20センチ以上ある倒れたイチジクの木を、再び元の位置に立て直すことができた。

人の手が入っているとはいえ、庭は太陽、雨、風、季節などの自然から影響を受ける。人もずっと同じではなく、健康や年齢や興味などにより庭への接し方が変わっていく。今から23年前に引っ越してきた頃は、ここの庭は松やモミジなどの庭木と庭石が配置された昔ながらの日本庭園であった。しっとりとしたスギゴケが庭一面を緑色におおっていた。そのうち、ベニシアが庭にさまざまなハーブや花を植えるようになると、庭は変貌していく。ある時期は、タイムやラベンダーなど地中海ハーブをたくさん植えたので、そのコーナーを「メディタレニアン・ガーデン」と名付けた。ところが世界的に蜜蜂の危機がニュースなどで報じられるようになると「ビーガーデン」にそこは変わった。蜜蜂を増やそうと思い、蜜源植物を植えるコーナーとしたからだ。

　そんな風に庭を楽しんでいたベニシアが、目があまり見えないと口にするようになった。眼科で白内障と診断され、手術も受けたが改善されないという。目が見えにくいので、庭いじりの時間は以前より減った。手をかける時間が減ると庭の植物は自然淘汰されていく。ここの環境に適した植物は元気だが、そうでないものはいつの間にか消えていく。

　冬はスイセン、春はスミレ、ミヤコワスレ、夏はシャガ、ユキノシタ、ドクダミ、シュウカイドウ、秋にはシュウメイギクが毎年勝手に花を咲かせる。それらはここの土に合った多年生宿根草たちだ。日本原産のツクシイバラと中国原産のモッコウバラ、ナニワイバラも毎年たくさんの花を咲かせる。冬の刈り込みぐらいしかせず、あとは放置しているだけなのに……。育てるのが難しい他の園芸種のバラたちは、いつのまにか消えてしまった。

　目が悪いベニシアは大学病院で精密検査を受けてみた。原因は、眼球にではなく視神経にあることが判った。一時期は精神的に落ち込んだ彼女だが、今ではそれを受け入れて前向きに生きていこうというスタンスだ。「がんばらずに肩の力を抜いて、ゆっくりと庭を楽しみたい」とベニシア。

　3年程前から、家の前に広がる空き地を借りている。わずかな駐車スペースが必要なだけなのに、４００坪とかなり広い空き地だ。そこに植えられていた木木も、台風で半分以上が倒されてしまった。僕はそのまま放置していたが、ある日、倒れた木に花芽が付いていることに気がついた。園芸品種の梅のようだ。もうすぐ花が見られるかもしれない。庭のイチジクをそうしたように、倒れた梅を立て直したいと思った。とはいえ、今度は助っ人がいない。

軒下に収納している
数々の庭道具。

植物の芽は上に、根は下に向かい育つ。人間の目のように植物も光を感じることができ、また、人間が内耳のそばにある三半規管で平衡感覚を保つように、植物も平衡感覚を持っている。そのため、根を上に、芽を下に向けて育つ植物はいない。ならば、倒れても人間みたいに自分で起き上がってくれるといいのだが、高さ5メートルと大きく成長した梅は自分では動けない。

僕は根の周囲の土を掘り下げ、幹をつかんで起こそうと踏ん張ってみたが全然ビクともしなかった。それで、幹の上の方をロープでくくり、末端には上半身が入る輪をつくった。その輪に上半身を入れ、農耕牛のように全力で引っ張ってみた。それでもビクともしない。別の方法を考えなければならない。こういった状況で突破口を開くことに、僕は喜びを感じる。

次は、太い鉄パイプを地面に打ち込んで、そこを支点に小型ウィンチをセットした。ウィンチのレバーを僕はカチカチと押し続けた。するとウィンチに繋がったロープは倒れた梅の木を少しずつゆっくりと起き上がらせた。上手くいって小躍りしたい僕は調子に乗って次々と同じ作業を繰り返した。これで10本ほどの倒れた木々を植え替えたが、3日もかかってしまった。

それから1カ月ほどが経った。気のせいかもしれないが、起き上がった3本の梅は日に日に元気になるみたい。そしてついに見事な花を咲かせた。梅は嬉しそうだ。僕は一杯やりつつ花見をしたい気分になった。ベニシアも喜んで僕を褒めてくれた。あの倒れたイチジクも今ではたくさんの葉をつけた。青々とした葉が喜んでいる。手をかけて元気になる植物を見ると、こっちも嬉しくなる。

台風で倒されたのに蘇った庭のイチジクの木。

いまの暮らし――正

たしか4年前の２０１５年ぐらいからだろうか。「目が見えない」とベニシアはしばしば口にするようになった。専門店でメガネをつくってもらうが、いつの間にかどこかへ置き忘れる。そして、再び注文することの繰り返し。この4年間で20～30個は買ったはず。倹約家の僕は、一つあるだけのメガネを壊れるまでずっと使い続けるというのに……、なんともったいないことだ。

そんなある日、眼科で白内障とベニシアは診断された。よく見えるようになることを期待して、手術を受けた。ところが手術後、1～2週間様子を見たが「あまり変わらない」と言う。試しに、別の眼科へ足を運んでみた。診察した医者は「目はきれいです。眼球に問題はないです。目でなく神経に原因があるかもしれません」と脳神経内科へ行くようにすすめてくれた。

２０１８年８月、ベニシアは京都大学医学部附属病院に８日間入院して検査を受けた。医者はＰＣＡ（後部皮質萎縮症）と診断した。ＰＣＡとは、後頭葉（大脳のうしろの部分）の萎縮を来たす進行性の疾患である。後頭葉は視覚形成の中心を担うところだ。目が見えるということは、おそらく、目から得た情報を脳が「ＯＫ！わかった、理解した」と言っていることなのだろう。ベニシアが見た視覚情報は視神経を伝って後頭葉へ流れるが、萎縮の打撃を受けたベニシアの後頭葉は、情報を分析、認知することができない。だから見えないのだと思われる。

この病気を治す治療法は今のところなく、病気の進行速度を緩める薬を飲み続けるしかないと医者は言う。進行性の病気なので、萎縮は後頭葉だけでなく大脳各所にも広がっていく。つまりアルツハイマー病の一種であろう。診察室でベニシアは、世間一般の人が挨拶するような話を医者にしようとしたが、医者はそれをスッパリと遮り、医療に関することだけを話した。待合室には多くの患者が待機しているが、ほとんどがお年寄りだ。脳神経内科とは何をするところなのか、少し僕は判った。

この宣告にも受け取れるような診断により、ベニシアはショックを受けた。目が見えるようになるという希望を失ったのだ。「これ

嬉しいティータイムの時間。

で好きな本が読めないし、絵も描けない。ガーデニングだってできない……」と。

「西洋医学がダメなら東洋医学ならどうだろう」。知人の紹介で鍼灸師を訪ねたら「バターはダメ、普通のパンも。グルテンフリーならOK」とベニシアは聞いたらしい。パンとバターはベニシアの大好物なのに。それを聞いてから、食材置き場には高そうなグルテンフリーの小麦粉やパスタなどが並んだ。とはいえベニシアはかなりやせていた。その頃は、料理が上手いパートさんが手伝いに来てくれていたので、僕は家事にあまり目を向けていなかったのだ。

2018年9月にそのパートさんは辞めた。それから僕は、ベニシアに目を向けていくことになる。彼女は目が見えなくて料理できないので、1日3回の食事は僕がつくることになった。

僕の朝食はグルテンフリーなんてこだわらず、ふつうのパン。でも目玉焼かオムレツを必ず付ける。そのうち、スープまたは味噌汁とフルーツ、ヨーグルトも。朝食には多すぎるので、半分にして小サイズにしたうどんや蕎麦の日も。卵や鶏、梅干し、わかめ、刻み揚げを入れ、フルーツを添えるのは忘れない。女性はフルーツや甘いものなどが好きなのだ。昼食も朝食と似た流れだ。

そして、いつも悩むディナー。これはいろいろたくさんあり過ぎて、夢の中でも悩まされる。使ったことがない丸ごと一匹の魚を買ってきても、なんとか包丁を入れる。とにかく、新たな料理に挑戦するのが夕食だ。レパートリーが増えることはなんとなく嬉しいものだ。

美味しい食事は、目が見えないベニシアにとって重要だと思うし、僕はそれをつくるしかない。

2019年6月、この本の表紙撮影のときに撮ったベニシアとの1枚。

2019

Current life

いまの暮らし――ベニシア

毎朝、いちばん私を惹き付けるのは、庭から見えるこの山。これまでいろんな国に行ったけれど、この山の佇まい、光の入り方、本当に美しいと思うの。

今、ハーブは全然手入れができない。目が見えにくくなってしまったんだけど、ずっと家の中だけにいるのは嫌で何かをしたい。

ただ、花を育てるのは自信がない。でも、それで負けたら、何もできない。

雨が降っていない時は、落葉や雑草を探して取っている。どうしてか分からないけれど、前はこういうことをしていなかった。

でも、落ちている物を拾うこと、いま唯一私ができることなの。少しずつ取っていると、庭がとても綺麗になる。

上／庭を歩くと、ついつい植物たちの世話のため手を延ばすベニシア。

右／黄金色に染まった稲穂が揺れている。

あとがき

夜明け前、家の裏の森からカナカナとヒグラシが鳴き始めた。はじめに1匹が鳴き、それを聞いて呼応するかのように、別の鳴き声が少しずつ増えていくのだろうと僕は思っていた。ところがそうでなく、申し合わせたように突然、いっせいに、たくさんのヒグラシたちが歌い始めた。悲しいくらい澄んだ声で。外はまだ暗いというのに。子供の頃から昆虫好きだった僕なのに、この突然始まる大合唱を知らなかった。今朝はこのあとがきを書くため、暗いうちに布団を離れた。「早起きは三文の徳」と言うではないか。

　昨年、僕が冬山を登っていたときのことである。突然、携帯電話が鳴った。母が永眠したという知らせだった。帰宅後、ベニシアにそのことを知らせると、驚いたような顔で彼女は話し始めた。

「そういえば、2～3日前にお母さんから電話があったのよ」とベニシア。

「『これまであなたたちに何もしてあげなくてゴメンね。これからも家族を大切に守ってくださいね』ってお母さんは話しました。もしかして、自分がもうすぐあの世に旅立っていくことを、解っていたのかもしれない。お母さんと話ができて、私は嬉しかった」

　それを聞き、僕はほっと胸をなでおろした。じつは以前、母とベニシアは考え方の違いから、お互い避けているような様子に見えていたからだ。わだかまりは消えていたのだ。

　この本は、『チルチンびと』の連載記事をまとめたものである。出版にあたり読み返してみると、家族や友人、知人、仕事や生活に関わる多くの人々との出会いのおかげで、僕は今ここでこうして生きていられるんだなと感じる。とくに命をくれて育ててくれた両親に感謝している。目が悪いのにベニシアも協力してくれてありがとう。本好きの父はぜひ読んで欲しい。

　ふと気がつくと部屋に朝陽が差し込んできた。先ほどまで、合唱を続けていたヒグラシの声は、いつの間にか止んでいた。暑い夏の1日がこれから始まる。

年譜

1950年　ベニシア・スタンリー・スミスは、イギリス・ロンドンで生まれる。曾祖父の兄のカーゾン卿はインド総監やオックスフォード大学名誉総裁、外務大臣を務め、母のジュリアナ・カーゾンはスカースデイル伯爵2世の三女。父のデレク・スタンリー・スミスは俳優。
1952年　ベニシアの両親が離婚。
1953年　ベニシアは母の再婚によってイギリス・グロスターシャー州に住む。社交界の行事で忙しい実母に代わり、寄宿舎制女子校に入るまで乳母ディンディンに育てられる。
1955年　ベニシアは母に連れられ、母の新しい夫とともにスペイン・シッチェスの花に溢れた別荘に移り住む。
1956年　ベニシアは再々婚した母と一緒にイギリス・チャンネル諸島ジャージー島の農場に引っ越す。当時、6歳のベニシアは12歳まで夏休みの1カ月を父デレクが暮らす、フランス・プロバンスやスイス・ジュネーブ近郊のレマン湖岸のアニエールで過ごす。そのアニエールで、家族が小さな家で暮らすことに憧れを抱く。
1959年　梶山正は長崎県長崎市で生まれる。
1966年　ベニシアはヒースフィールド校を卒業し、ロンドンのカレッジに進学。
1970年　ベニシアは貴族社会に疑問をもち、イギリスを離れてインドを旅する。
1971年　インド旅行後、ベニシアはイギリスへ帰らずにアジアへ。香港、台湾を経由して日本に向かう。
1973年　ベニシアは日本人男性と結婚し、長女を授かる。その後、25歳で次女、28歳で長男を授かる。東京、岡山での生活を経験する。
1974年　正は山岳小説『孤高の人』を読んで感動し、高校では山岳部に入部して本格的な登山を始める。
1977年　正は大学に進学して山岳部に入るが、すぐに大学を中退。岩登り、冬山、山スキーを始める。
1978年　ベニシアは京都で英会話学校を始める。
1982年　正はネパールヒマラヤ・トレッキング。エベレスト街道、ヘランブーよりランタン谷、約8カ月間インドとネパールを旅行する。
1983年　正は帰国後、インド料理レストランを京都で始める。長期休暇がとれないことから近場でできるフリークライミングを始める。
1992年　正のインド料理レストラン「ディディ」を通じて二人は出会い、仙丈ヶ岳で結婚。正は山岳雑誌関係の写真の仕事を始める。
1993年　ベニシアは正との第一子、悠仁を出産。
1995年　京都市内の借家を明け渡すことをきっかけに、京都大原の終の住処に出会う。
1996年　京都大原にある築100年の古民家へ移住。同年9月、ベニシアは趣味としての庭づくりを始める。6年かけて六つの庭をつくる。
2002年　ベニシアはNHK「私のアイデア ガーデニングコンテスト」で最終選考25の庭に残り特別賞を受賞。『京都新聞』にて、連載の大原日記が始まる。
2004年　ベニシアは大原朝市でノリちゃんこと辻典子さんと出会う。
2007年　著書『ベニシアのハーブ便り』を世界文化社から出版。
2009年　NHK『猫のしっぽ カエルの手 京都 大原ベニシアの手づくり暮し』放送開始。
2013年　『ベニシアの庭づくり』を世界文化社から出版。

写真 ■ 梶山 正
アートディレクション・デザイン ■ 山脇たづさ
編集 ■ 宮下恵里子

ベニシアと正、人生の秋に

―― 正ありがとう。すべて、ありがとう

発行日 2019年10月1日第1刷発行
2020年4月1日第4刷発行

著者 梶山正 ベニシア・スタンリー・スミス
発行者 山下武秀
発行所 株式会社 風土社
〒101-0065 東京都千代田区西神田1-3-6
UETAKEビル3F
電話03-5281-9537 FAX 03-5281-9539
http://www.fudosha.com/
印刷・製本 東京印書館

ISBN 978-4-86390-054-7 C0095